MALACARA

LA HISTORIA DE CARLITOS (SEGUNDA EDICIÓN)

SEBASTIÁN MARÍAS

TECNOTUR LLC

MALACARA
La historia de Carlitos
SEGUNDA EDICIÓN (2.0)

INTRODUCCIÓN

Es la historia de un joven guatemalteco que vivió desde sus entrañas la formación de un grupo de niños y niñas que encontraron en las maras, el espacio de pertenencia que sus familias y la sociedad de Guatemala no les ofrecieron.

Malacara, hace un relato de cómo este grupo que operó en las inmediaciones de uno de los barrios más populosos del oriente de la capital guatemalteca, fue creciendo hasta convertirse en una de las maras más conocidas de aquellos años y que hoy mantiene presencia en Guatemala, Honduras, El Salvador, en la zona del pacífico mexicano y muchas ciudades de los Estados Unidos.

Él, Malacara, se integró a esta organización juvenil para evitar que sus dos pequeños hermanos, abandonados por su madre alcohólica fueran presa de ese submundo de drogas, armas, extorsiones y muerte.

Se adentrará a conocer cómo surgieron las extorsiones, que hoy generan al menos quinientos millones de dólares solamente en los países del triángulo norte centroamericano.

La avaricia y la corrupción fueron los ingredientes que obligaron a las maras a desarrollar un mecanismo para agenciarse de recursos financieros.

Es una trama de la vida real documentada en un relato que nos transporta a conocer las vivencias de estas organizaciones hoy tan temidas, que ocupan un espacio en la actividad delictiva de nuestros países. Pero también, muestra el lado humano de estos jóvenes que al final son las víctimas de un sistema que los ha marginado y que los combate sin piedad y sin ofrecer espacios para su reincorporación.

Las maras se han reconstruido por esa marginación, y porque ahora se han convertido en un buen negocio para aquellos que no llevan el rostro pintado con el nombre de su organización.

El relato de *Malacara* nos adentra en ese submundo, donde la traición se paga con la muerte, pero donde la lealtad es hoy por hoy el factor de unidad y crecimiento de las maras.

Ya varios países han implementado programas para su combate, "La Mano Dura", "Súper Mano Dura". Las leyes antimaras los nutren y han provocado que al final de la primera década de este nuevo siglo, se conviertan en megaorganizaciones.

Los Estados deben enfrentar el reto y la única manera de evitar su extensión territorial, deteniendo que más niños puedan ser parte de estas organizaciones, que con el paso del tiempo se han convertido en sanguinarias y en un brazo del crimen organizado.

Hay que implementar la barrera de los 12, que es un plan dirigido a prevenir que los niños de doce años de edad, ingresen a las maras y trabajar hacia los menores en la escala descendente; es decir, de los doce a los seis años de edad.

Malacara cuenta con lujo de detalles el por qué las maras no van a desaparecer en el futuro cercano.

1

ENTRE LA PARROQUIA Y EL BARRIO DE SAN ANTONIO

El sol aún no aparece.

El ruido de los motores, que desde hace más de una hora están encendidos le quitaron el sueño a Carlitos, aunque no lo despertaron del todo. La vibración es cada vez más intensa y el ruido aumenta por lo flojo de las láminas que circundan la pequeña habitación de apenas dieciséis metros cuadrados, donde sobrevive junto a sus dos hermanos, Manuel y Enrique; y Mirtala, su mamá, madre soltera, con tres hijos y cada uno de diferente padre.

Carlitos es el mayor. A sus diez años debe enfrentar una serie de retos y compromisos que su madre evade. La señora aparenta casi cincuenta años, aunque apenas tiene veinticinco. Lleva muchos meses sumida en el mundo del alcohol, desde poco después de la muerte de Manuel, el padre de Manuelito, su segundo hijo.

Doña Mirtala conoció a Manuel en las cercanías del Barrio de La Parroquia, en la parte nororiental de la capital de Guatemala.

Ella trabajaba en una abarrotería y él, en un taller mecánico especializado en la reparación de fallas eléctricas de los automóviles. Manuel vivía en el Barrio San Antonio, a muy pocas cuadras de la casa de Mirtala.

A Mirtala, el trabajo en la abarrotería le alcanzaba para pagar su cuarto. Llevaba a Carlitos al trabajo, adonde llegaban antes de las siete de la mañana y se retiraban después de las ocho de la noche.

Ella estaba entusiasmada por su estrecha amistad con Manuel. Muy pronto se enamoraron. Manuel dejó la casa de sus papás y se fue a vivir con Mirtala.

En ese entonces, Carlitos acababa de empezar a caminar. Casi dos años atrás, doña Mirtala (que solamente finalizó el tercer año de educación secundaria), quedó embarazada de un compañero de clase, al cual jamás volvió a ver porque éste no solamente dejó de responsabilizarse por su paternidad, sino que abandonó los estudios y regresó a su pueblo, Asunción Mita, en la árida región del oeste del país.

Carlitos nació en la maternidad del Hospital San Juan de Dios, en las periferias de la zona central de la capital guatemalteca, su mamá apenas estaba por cumplir los dieciséis años.

Viviendo ya con Mirtala, en las laderas del barranco cercano al Puente Belice, Manuel construyó otro cuarto, le agregó paredes de lepa (madera sencilla) y piso de cemento rojo: dijo que era más atractivo así. Ahora, la habitación principal, además de dormitorio, también era el comedor de la familia.

A la par estaba la pequeña cocina. La letrina la construyó en la orilla del terreno.

Se querían mucho. Los dos estaban progresando y Carlitos estaba destacando en la guardería, donde acudía toda la mañana. En la tarde, a pesar de su corta edad, ayudaba a doña Mirtala con el cuidado de su hermano Manuelito.

Manuel ganaba en el taller entre trescientos y trescientos cincuenta quetzales (Q.300 y Q.350 -alrededor de cincuenta dólares estadounidenses) al mes. Para él era suficiente, porque le alcanzaba para pasar el mes, pagar los ciento setenta del lote que doña Mirtala se comprometió a cancelar en diez años, para hacer propio el terreno que habitaba; por cierto localizado muy lejos de la casa de su mamá, quien era madre soltera.

Manuel estaba ahorrando, quería comprar una estufa, un televisor y dos camas, una para los niños y otra para él y su mujer. Las tablas que utilizaban para descansar por la noche, aunque buenas para la columna, no eran muy cómodas.

Manuel era un año menor que su mujer. En medio de la pobreza, se convirtieron en una pareja que tenía planificado superar los obstáculos que su condición social les imponía.

Toda la familia regresaba a casa alrededor de las ocho y cuarto de la noche. Caminaban desde la parroquia hasta su vivienda, aunque la caminata no tardaba más de quince minutos.

Se ahorraban el pago del pasaje en bus, es decir dos quetzales (Q.2) el equivalente a veinticinco centavos de dólar estadounidense. Solamente cuando llovía se subían a los destartalados buses que los dejaban a doscientos metros de su humilde vivienda.

Descansaban únicamente los domingos. Manuel aprovechaba las mañanas dominicales para hacer trabajos en los cuartos. Ahora éstos ya contaban con techos falsos de nylon, que evitaba que los líquidos del sereno les cayeran directamente al rostro cuando dormían.

Y casi siempre, después del almuerzo, caminaba hasta los campos de fútbol, que estaban en las instalaciones de la Policía Nacional Civil, con Carlitos, el hijo de Mirtala, al que quería como propio.

Manuel no jugaba fútbol, porque la poliomielitis que sufrió de niño lo dejó discapacitado para ese deporte; pero era un aficionado fiel a todos los equipos, no tenía preferencia por alguno. Sólo quería que Carlitos se entusiasmara con jugar al fútbol y por eso le compró un uniforme y su pelota.

2

EL CARRO DEL JEFE

F ue en esos campos de fútbol donde conoció a dos policías: Fidelino y Tomás.

Era el último domingo de noviembre. Se jugarían las semifinales del torneo de invierno en los campos de la Policía Nacional, donde se ubicaba la academia de esa institución policial.

La jornada se iniciaba a las nueve de la mañana. Manuel se levantó muy temprano, puso a hervir café y salió a comprar tres quetzales con setenta centavos (Q.3.70) de pan para el desayuno. De paso pidió tres huevos.

Al regresar, despertó a Carlitos, a quien dijo que antes de desayunar tenía que bañarse y ponerse el uniforme.

Le pidió a doña Mirtala que le preparara panes, porque regresarían después del mediodía y además quería ir a ver el juego entre los rojos y los cremas, el famoso clásico. No irían al Estadio Mateo Flores, sino verían el juego con Carlitos, en la tienda de doña Enriqueta, donde cancelaba cincuenta centavos por ver el partido en un televisor de 19 pulgadas, cuyo color se estaba desvaneciendo, ya que era un aparato muy viejo, ni siquiera tenía control remoto.

Por Carlitos no pagaba, pero tenían que llegar mucho antes de las cuatro de la tarde, a pesar de que el juego estaba programado a las cinco y media.

Carlitos terminó de desayunar. Salió vistiendo su camisola amarilla, Manuel decía que era la de Brasil, pero era más amarilla que la original casaca auriverde.

Caminaron hacia los campos de la Policía Nacional. El primer juego de las semifinales estaba por empezar. Manuel reflejaba en su rostro la alegría de este deporte. Quería que Carlitos fuera un destacado futbolista y no lo hacía por dinero: quería construir y compartir la alegría de un logro que él no pudo alcanzar de niño, debido a la polio que se interpuso.

Fidelino y Tomás lo saludaron y le indicaron a Manuel que le querían hablar. Como aclaré antes, eran conocidos gracias al fútbol. Los dos agentes que estaban asignados en esa estación policial, eran encargados de cuidar los vehículos que se depositaban en ese terreno cuando sus dueños cometían infracciones de tránsito.

El club deportivo Chacarita y Los Halcones fueron los protagonistas del primer encuentro de semifinales. Casi todos se conocían, porque a menudo, después de las tardes deportivas, el análisis de la jornada seguía en cualquiera de las tiendas, abarroterías y cantinas del lugar donde abundaba la venta de licor.

Manuel, sin embargo, no bebía. Siempre decía: "Mirá Mirtala, no hay que chupar, porque lo poco que uno gana en la semana se lo termina en un ratito en los tragos. Es mejor jugar fútbol".

Esa tarde Chacarita derrotaba, al final del primer tiempo, a Los Halcones con un gol de Rieles, el recio defensa central traído como refuerzo desde Jocotales.

En ese descanso estaban, cuando Fidelino le comentó a Manuel que le tenía unos trabajos de fin de semana.

Manuel, le dijo Fidelino, «Fíjese que al jefe le está fallando su carro. Está algo viejo y a pesar que le ponemos repuestos de los autos que llegan al predio, no mejora». Se refería a los repuestos que sustraían de los carros detenidos judicialmente.

«No arranca al *estartazo*», le dijo Tomás, el otro agente de la policía.

«¿Cuándo lo puede revisar?» preguntaron a Manuel.

«Si quiere lo miramos cuando termine el primer partido, tal vez es algo fácil», les indicó Manuel a los agentes de la autoridad.

Chacarita no pudo mantener la ventaja y perdió 4 goles a 1. Los Halcones, donde también jugaban policías nacionales y ex agentes de la desaparecida Guardia de Hacienda, plantearon de mejor manera, la segunda parte del encuentro.

Manuel llamó a Carlitos, que ya rondaba los tres años.

«Vamos Carlitos, vamos. Tenemos que revisar el carro del jefe de la estación», dijo.

No caminaron mucho; a lo sumo fueron unos sesenta metros desde el campo de fútbol. En la puerta lo esperaba el oficial de policía.

Manuel no distinguía el grado, porque el jefe no llevaba puesto todo el uniforme, la percudida playera blanca le escondía la redonda barriga, ese estómago crecido como fiel testigo del permanente consumo de cerveza y alimentos; y desde luego de la total ausencia de ejercicios, un físico muy particular de los policías de aquí y de allá.

«Mire mano, dicen que es buen mecánico».

«¡No!», respondió Manuel. «No jefe, yo sólo miro problemas eléctricos».

«Bueno, échele un ojo al *pichirilo*. Fíjese que le adaptamos el estárter de ese carro japonés, pero cuesta que arranque, agregó el encargado del predio».

«¿Quién lo adaptó?», preguntó Manuel.

«Éstos dos», se apresuró a responder el jefe policial, refiriéndose a Tomás y a Fidelino.

«¿Pero arranca?»

«No», contesta el poco atractivo jefe policial. Sólo empujado logramos poner en marcha el motor.

«Mire, lo que pasa es que el estárter no le hace, porque son marcas distintas de carro y para adaptarlo hay que conectarle unos cables», le indica Manuel.

«¿Entonces qué hacemos?» pregunta el gordo jefe de policía.

«Mire, usado lo puede comprar en unos Q.200 en la Zona 4, donde está la terminal de autobuses», le indica Manuel.

«¡Cómo va a creer, si aquí hay carros iguales al mío!» le rebate el jefe de los dos agentes, al que ya sus subalternos le llevan otra cerveza para calmar un poco el calor, pero ni así el jefe deja de sudar».

«Usted lo puede quitar», le dice a Manuel. «¿Cuánto tiempo tardaría en quitarlo de ese carro verde y ponérselo al mío?»

«Bueno, más o menos en una hora».

«¿Lo hace de una vez? Le voy a dar unos cuarenta quetzales (Q.40)», dice finalmente el moreno y añejo jefe policial.

Manuel aceptó hacer el trabajo, pero le llevó más tiempo del que había pensado. Terminó cuando estaba por concluir el segundo partido de la semifinal del campeonato.

Padre e hijo regresaron a casa. Manuel se bañó, se cambió de ropa y le pidió a Mirtala que le pusiera otra *mudada* a Carlitos y le recordó que se iban para la tienda de doña Enriqueta a ver el partido de fútbol.

En la tienda, estaban parroquianos pertenecientes a los dos bandos; porras de *Rojos* y *Cremas*. Manuel apoyaba a ambos equipos; ese carácter de buen samaritano le granjea la simpatía de todos, o de casi todos.

En esa ocasión se trataba del duodécimo encuentro que los cremas no logran ganar frente a sus más emblemáticos rivales, los Rojos. Ya hubo cuatro torneos que empataron o perdieron. Ese domingo arrebataron un empate, a pesar de jugar muy mal.

Al terminar el partido, era el momento de regresar a su hogar. Carlitos se había dormido y lo llevaba cargado, a pesar de la dificultad que tenía Manuel para caminar. También le compró un pastel de banano a Mirtala, para que lo comiera con el café de la noche. No era justo que ella se quedara con Manuelito todo el día, mientras él estaba fuera, pensaba Manuel.

3

EL JEFE LE QUIERE HABLAR

En esa época del año, el sol cae más temprano, pasadas las seis de la tarde ya se pone oscuro. Ya la luz artificial iluminaba las calles del sector.

Estaban muy cerca de su casa, cuando una patrulla, casi destartalada se les puso a la par. Eran los agentes de policía Fidelino y Tomás. Éste último conducía la radiopatrulla. Fidelino saludó.

«¡Que tal *mano*! fíjese que quiero platicar con usted».

«Mire, ahora no puedo. El niño se me durmió», respondió Manuel.

«No se preocupe, súbase que los llevamos a su casa».

«No se preocupe, mi casa está cerca», respondió de nuevo Manuel.

En ese momento los dos agentes descendieron de la patrulla, no apagaron el motor porque después no arrancaba y de todos modos la gasolina no la pagaban ellos, tampoco la policía. Salía como producto de los sobornos a los infractores de las reglas de tránsito, porque el rechoncho jefe sólo les entregaba un vale de cinco galones diarios y el automotor tenía que movilizarse al menos unos doscientos kilómetros cada día, en su mayoría para los mandados del jefe policial.

Ni siquiera eran capaces, pensó Manuel, de arreglar las luces del vehículo oficial. La radiopatrulla sólo se alumbraba con una luz, la de la derecha.

«Fíjese que el jefe le quiere hablar», dice Fidelino.

«¿No quedó bien el carro?», les pregunta Manuel.

«No hombre, el carro quedó nítido, por eso el jefe le quiere hablar. Dice que usted sí es buen mecánico», agrega Tomás. (Su defectuoso castellano evidenciaba su falta de preparación, Tomás nació en un pueblo del altiplano del occidente del país.)

«Bueno, entonces sólo dejo a mi hijo en la casa y ya regreso», les indica Manuel.

«Te dejo a Carlitos», le dice a Mirtala, al llegar a su vivienda. «Voy a ir a hablar con el jefe de la policía».

«¿El gordo?», le pregunta su mujer.

«Sí, el jefe gordo, allá afuera están dos policías que me vinieron a llamar. Te dejo este tu pastel de banano. Ya regreso».

«Mire *mano*», le dice Fidelino, «el jefe es buena persona y dice que usted es muy sano y por eso le va a ofrecer un trabajo, donde va a ganar bien y no lo poquito que pagan en los talleres. Hasta se puede independizar y poner su propio negocio», se adelanta a expresar Tomás, el piloto de la unidad policial.

Son menos de diez minutos de viaje. Pasan frente a los bares que abundan en las cercanías de la estación policial, desde donde le mandan encomiendas al jefe por hacerse de la vista gorda del numeroso grupo de prostitutas, casi todas de países centroamericanos, que trabajan sin autorización de los servicios estatales de salud.

«Mire *mano*, le tengo un trabajo. Es bueno y se va a echar buen billete», le dice el jefe a Manuel.

«¿Aquí hay taller?», pregunta incrédulo Manuel.

«No hombre, aquí no. ¿Sabe disparar?»

«¡No!», dice Manuel. «Ni siquiera en los tiros al blanco de las ferias de la Virgen del Cerrito del Carmen he probado suerte».

«¡Ah bueno! Yo le voy a enseñar», responde el gordo jefe policial.

«¿Me van a dar trabajo de policía?», le pregunta un asustado y extrañado Manuel.

«No. Usted va a apoyar a Fidelino y a Tomás y a otros dos agentes que ya vienen en camino. Ellos hacen extras de nueve a doce de la noche y se ganan como unos tres mil pesos por cada vez que se juntan».

Don Cayetano, el jefe del predio policial, fue parte del Comando Seis y antes, mucho antes, había trabajado en la *Policía Judicial.* (Estos fueron dos entes que debieron desaparecer en medio de las permanentes acusaciones de abusos contra los derechos humanos y asesinatos que cometieron sus integrantes contra la población, particularmente contra los opositores de los gobiernos militares que durante varias décadas controlaron el poder).

«¿Qué tengo que hacer?», le dijo Manuel.

«Mire, ¿qué tal es usted para manejar?»

«No puedo bien, porque mi pierna derecha no tiene mucha fuerza, la polio me la dejó débil», le contesta Manuel.

«Bueno, mire, su trabajo va a ser de guardián. Tiene que cuidar una casa un rato y le vamos a dar quinientos pesos diarios», le dice el jefe Cayetano.

«¿Y cuándo hay que empezar?»

«Ahorita», dice arrebatadamente Tomás.

«Usted se va a ir con nosotros y le vamos a dejar a su casa como a las doce de la noche y mañana temprano le pagamos», agrega Fidelino, el otro agente de policía.

«Mire jefe, ya llegaron aquellos. ¡Puchis! que tarde vinieron», dice Tomás al jefe Cayetano.

«¿Cómo está mi jefe?», preguntan los dos agentes, quienes esconden insignias y nombres bajo unos desteñidos chalecos, que muy lejos dejan ver lo que hace mucho tiempo fueron las iniciales de la policía. Se trata de Humberto y Rafael, agentes de policía asignados a una estación que se ubica en el *Anillo Periférico*.

«¿Que tal, cómo les va?», les responde el jefe Cayetano. «¿Trajeron los uniformes?»

«Claro jefe».

«Miren él es Manuel, la persona que nos apoyará hoy», dice Cayetano a Rafael y a Humberto.

«Jefe, Manuel será el encargado de cuidar el paquete», expresa Rafael.

«Sí, él está aquí para eso».

Manuel no entendía de qué hablaban, le estaban ofreciendo un trabajo de guardián, pero ignoraba qué era lo que tendría que cuidar y a qué paquete se referían. En sus adentros pensaba que con la excusa de contárselo a su mujer, se podría alejar de la propuesta del jefe Cayetano.

«Mire jefe, le aviso mañana», le dice Manuel. «Lo voy a hablar con mi mujer, porque en el taller ya tengo dos años y medio de trabajar y no quiero ser mal agradecido».

«Tranquilo, si hoy sólo tiene que acompañar a los muchachos. Ellos le van a enseñar dónde tiene que cuidar. Es para que se familiarice con el lugar».

El sudoroso jefe de policía parece que no se ha bañado en al menos unos dos días. Lo delata una rala barba y una camiseta que muestra la permanente transpiración.

«No vaya a decir nada, porque es la casa de mi segunda mujer», se adelantó a decir el jefe Cayetano, para evitar que Manuel pudiera sospechar.

«Bueno ¿en qué patrulla nos vamos?» pregunta Fidelino.

«En la de ustedes», responde Rafael.

«Porque no estamos en nuestra jurisdicción», agrega Humberto.

«Bueno, entonces ¿quiénes van a ir?» pregunta el jefe Cayetano.

«Nosotros nos llevamos al *compa,* a Manuel».

«Es decir Tomás y yo», le indica Humberto.

«Bueno, apúrense, porque es tarde», dice el jefe Cayetano. «Ustedes dos vengan a mi oficina», les indica a Fidelino y a Rafael.

Atraviesan por las malolientes oficinas públicas. De noche son pocos los agentes que se quedan. Allí, lo que se realiza es trabajo de día: atender los documentos de los tribunales y chantajear a los propietarios de los carros confiscados o detenidos por infracciones de tránsito, es lo que comúnmente se hace a diario.

4

EN EL LABERINTO DE LA NOCHE

En la destartalada patrulla viajan los dos agentes y Manuel.

Llegan rápido a una oscura calle del mismo barrio, tal vez como a un kilómetro de distancia de la estación de la policía.

El silencio de la noche es sepulcral. Ni siquiera el ruido del viento se escucha, es una calle sin salida.

«Mire Fidelino, la operación es la siguiente: Ponemos el puesto de registro en esta parte de la calle, en la cuchilla. La patrulla de Tomás está primero y el *pickup* de Rafa se ubica un poco más a la esquina. Cuando venga el carro de la señora lo vamos a saber, porque el de la garita de la casa, donde vive el paquete, nos va a llamar».

«Entonces coloquen tres conos al frente, para que el carro disminuya la velocidad y se haga a la orilla. Tomás les hace el alto, usted se encarga del guardaespaldas; del chofer no se preocupen, es parte del equipo. Si el guardaespaldas se pone **brincón**, lo calma. Usted ya sabe cómo».

«Repasemos, entonces», dice Fidelino.

«¿Quién está en el *pickup*?»

«Desde luego que Rafa», se apresura a responder Humberto.

Ya casi son las once de la noche. En ese instante suena el celular del jefe.

«¡Cómo va a ser hombre, quedamos que sería el martes!» responde Cayetano a la voz que llega del otro lado del teléfono. «¡No joda usted, no podemos apresurar todo!»

«Bueno está bien», acepta finalmente.

«Dice el patrón que apresuremos todo para mañana temprano», les informa Cayetano.

Se supone que ya todos saben quién es la persona que llamó al jefe. Se trata de un comisario que ocupa un cargo más alto dentro de la institución policial.

«Avísele a Tomás, que dejen al guardián en el lugar y que se regresen rápido. Que le expliquen al *chenco* que regresarán rápido y no le cuenten nada del *partido*», le dice el jefe Cayetano a Fidelino. «En lugar de jugarlo dentro de 48 horas, lo haremos dentro de seis».

«Bueno, entonces se regresan para el periférico ¿o se quedan?» le dice Cayetano a Humberto. «Si quieren, le digo al jefe que avise a la estación de ustedes que van a llegar a las ocho de la mañana...»

«Bueno jefe, está bien», dice el agente Humberto.

En ese preciso momento se logra distinguir la única luz que lleva la patrulla que maneja Tomás.

«¡Que rápido regresaron aquellos, mire jefe!» expresa Fidelino.

El transitar de la radiopatrulla es lento. Se distingue la luz porque es raro que a esa hora pasen vehículos hacia la estación policial.

«¿Qué pasó con el guardián?» pregunta Cayetano al agente Tomás.

«Le dije que regresaríamos rápido, que sólo veníamos por unos documentos y después lo llevamos a su casa».

«¿Lo dejó con llave?»

«Desde luego, jefe, ni cuenta se dio. Cuando le encendí el televisor se quedó como que no tuvieran uno en su casa».

«Entonces, lleven todo». Se cambian el uniforme en la casa y salen unos veinte minutos antes de las seis. El carro de la señora pasa entre las seis y las seis con cinco minutos, ya habrá amanecido ese lunes.

«Desde donde vive *el paquete* al retén, hay unos dos o tres minutos de distancia», les dice el jefe Cayetano. «Recuérdense: tenemos que hacer todo lo que practicamos en estas dos semanas. Además, ustedes no son novatos, ni que fuera el primer *partido* en el que van a participar, no jodan, ustedes son listos, son expertos».

Se llevaron unos ponchos, cinco uniformes y media botella de licor blanco; siempre lo bebían antes de ejecutar un encargo. Alistaron los dos teléfonos celulares que utilizarían. También alistaron la caja de sopas instantáneas y dos copias piratas de películas.

5

"LA BANDA DEL CHENCO"

Llegaron a la casa de seguridad donde habían dejado a Manuel.

«¿Cómo está *mano*?» le dijo el agente Fidelino.

«¿Ya me van a llevar a la casa?» preguntó Manuel.

Ni se dio cuenta de que estuvo bajo llave por buen tiempo. El televisor había sido la mejor fórmula para entretenerlo.

«No se preocupe», le dice Tomás, «le avisamos a su mujer que usted estaba componiendo el carro del jefe».

Y lejos de allí:

«¡Puchis! Este Manuel ya no regresó, ya es más
   de la medianoche. No le pasaría algo»,
   pensaba Mirtala. «Los niños ya están
   dormidos».

"Pero si Manuel no toma".

Sigue pensando Mirtala. De repente lo
   asaltaron.

Se asomó a la calle y en la oscuridad distin-
   guió que alguien caminaba, pero era don
   Martín, que estaba regresando a su
   panadería.

Empezó a recordar. Desde que conoció a
   Manuel su vida estaba cambiando. Se
   mostraba ilusionada con la compra de la
   estufa, después del televisor y por último
   de las camas, le había dicho a Manuel
   unos días antes.

El próximo fin de semana, le pediría que la
   llevara a la casa de su mamá, cerca de San
   Rafael, en la Zona 18.

«Mejor le dejo café a Manuel, de repente
   regresa y trae hambre», pensó.

El cansancio pudo más que la angustia.
   Mirtala se durmió.

El temor empezó a invadir a Manuel. Su mente no alcanzaba
a visualizar el entramado del momento que estaba viviendo.
Su pensamiento viajó hasta su humilde vivienda.

«¿Qué estará haciendo Mirtala? ¡Estará preocupada!»

El policía le había dicho que le avisaron a Mirtala, que iba a
llegar tarde.

«Ojalá me pueda ir rápido. Ya Manuelito y Carlitos han de estar dormidos», seguía pensando.

Los vasos desechables ya estaban en manos de los cuatro agentes de la autoridad. El frío era penetrante. Manuel creía que apenas era media noche, sin imaginar que el reloj casi marcaba las cinco de la mañana.

Los cuatro policías evitaban expresar detalles del plan. Manuel ya había dormido un poco entre plática y plática. Parecía un niño, nunca había pasado tanto tiempo frente a un televisor, si hasta los ojos se le pusieron rojos.

Cuando Fidelino le indicó que se pusiera ese uniforme, Manuel sabía que algo feo estaba por llegar. ¡Ni siquiera sabía los nombres de los agentes que llegaron esa noche!

«¿Para qué es el uniforme?» preguntó Manuel.

«Usted no pregunte, póngaselo y salga», le dijo Humberto, con tono desafiante.

Tomás se apresuró a salir, le indicó a Manuel que estuviera cerca de la puerta, porque regresarían rápido.

Los cuatro agentes se fueron en las dos patrullas. Ya estaba el reloj a punto de marcar las cinco cuarenta de la mañana.

Manuel supuso que algo malo tramaban los agentes. Salió a la calle y trató de caminar. Regresó. Apenas había dado unos treinta y cinco pasos.

Pensó: «¿Y si me voy?, estos policías conocen la casa. Ellos tienen carro y van a llegar primero y le pueden hacer daño a

Mirtala, a Carlitos y a Manuelito. O, de repente, cuando llegue a la esquina, regresan. Puede ser que se enojen y me hagan algo».

Manuel seguía pensando, la angustia lo invadía por completo. Su cabeza estaba atiborrada de ideas y pensamientos que sólo lo ubicaban en un lugar de problemas.

«Los Policías están metidos en babosadas», dedujo finalmente. «Mejor me voy», pensó Manuel.

Ya casi amanecía. La luz de los rayos del sol le quitaron al ambiente, ese detalle tétrico que asustaba a Manuel desde la noche anterior.

Se quitó el uniforme, pero no encontraba su ropa. No sabía que los policías la habían escondido. De nuevo, malos pensamientos invadieron a Manuel.

«Y si me agarran con este uniforme, me van a meter a la cárcel», pensó. Empezó a alejarse de la casa donde pasó toda la noche. En su mente aparecían las figuras de sus dos hijos y la de Mirtala, su mujer. Le angustiaba tanto que se quedaran solos. Ya suficientes sacrificios había pasado Mirtala para salir adelante.

«¿Qué pasará si me meto en problemas? ¿Quién los ayudará?» continuaba pensando Manuel.

En esas estaba cuando apareció un fuerte contingente de policías.

A toda velocidad llegaban las dos radiopatrullas, donde se conducían Fidelino, Tomás, Humberto y Rafael. En cosa de segundos el sonido de las balas rompió la quietud de la cuadra, enfrentando a éstos y a los otros policías.

> *Manuel recibió muchos impactos, nunca se supo cuántos, murió al instante. Falleció sin saber por qué le dispararon.*
> En las orillas del barranco, en las cercanías del puente Belice, desde hacía ratos, Mirtala ya estaba en los preparativos finales para pasar dejando a Carlitos en la guardería.
> La hora era al cálculo, era una rutina que se desarrollaba con exactitud milimétrica. Primero pasaba por la guardería, porque le gustaba llegar a la abarrotería antes de las siete de la mañana.
> Esa mañana soleada del lunes transcurrió sin mayores sobresaltos, la intranquilidad era evidente en Mirtala. Ella no podía esconder su preocupación. Manuel nunca había faltado a casa. Algo raro pasaba.

Por la radio, en los noticieros del mediodía por televisión y los diarios de la tarde destacaban en sus mejores espacios. «Policía con discapacidad muere luego de intento de secuestro».

La máxima autoridad policial declaraba que luego de muchas semanas de trabajo de inteligencia se desbarató a una de las organizaciones criminales más buscadas por la policía; era "La *Banda del Chenco*".

Así de simple. Tan sólo porque observaron que la polio hizo estragos en la pierna de Manuel, informaron que él supuestamente era el jefe de un grupo de secuestradores. De los verdaderos criminales, los policías que iban a secuestrar a una señora, no se informó nada.

Ellos continuaban en sus funciones, como si nada hubiese ocurrido, lo que hacía sospechar que los jefes superiores de la institución tenían pleno conocimiento de la actividad delincuencial a la que se dedicaban, inclusive en horarios de trabajo.

«Policía líder de una banda de secuestradores murió al intentar escapar», decía el titular de uno de los periódicos.

Lo curioso es que la autoridad no informaba con detalle en qué estación policial había estado asignado el supuesto policía-delincuente. No ofrecía información de su muerte, se circunscribía a señalar, que meses de trabajo permitieron poner al descubierto a este grupo de secuestradores, aunque hablaban de grupo, sólo se referían a Manuel y ni siquiera por su nombre.

El jefe Cayetano trataba de olvidar el fracaso del secuestro. Continuaba con sus ventas al menudeo de piezas usadas para autos. Los cuatro agentes trataban de evitar conversaciones. Temían ser descubiertos.

6

EL MARTES NEGRO DE MIRTALA

El día en que los diarios anunciaban la muerte del jefe de "La Banda del Chenco", Mirtala abordó un bus en la parroquia. Quería llegar rápido a su humilde vivienda. Tenía la esperanza de encontrar a Manuel, ya se cumplían las 24 horas de su desaparición y ella no sabía de su paradero.

Llegó a las ocho de la noche con veintiséis minutos, con la ilusión de encontrar a Manuel en casa. En el taller eléctrico le preguntaron por su compañero de hogar, jamás había faltado a laborar.

A pesar de los titulares, Mirtala ignoraba que su marido estaba muerto. Miraba las noticias y no se daba cuenta que hablaban de Manuel.

Al día siguiente, Mirtala y sus dos hijos iniciaron de nuevo la rutina. Carlitos era el que preguntaba por su papá. Manuelito aún no entendía qué pasaba en la familia.

Este martes Mirtala no llevó a Carlitos a la guardería. Se fue directo a la abarrotería y le contó a doña Juanita, la dueña del negocio, sus penas.

«Mirtala ¿ya fuiste a los hospitales?» replicó su patrona.

«No doña Juanita, no tengo quién me cuide a los niños».

En ésas estaban cuando el voceador, que todas las mañanas dejaba uno de los cinco matutinos que a diario se editaban en la capital, le mostró la portada a Mirtala.

«Mire Mirtala, aquí está Manuel», le dijo el voceador. «Está vestido de policía y en esta *fotía* está la cara de su marido» agregó Eleodoro, el voceador.

El cuerpo de Manuel ocupaba casi todo el espacio de la portada. Estaba muerto y en la mano derecha una pistola, Mirtala tenía la certeza que Manuel era zurdo, ese detalle confirmó que Manuel era ajeno de lo que se decía de él.

Su agonía empezó en silencio. Era la angustia más grande que estaba viviendo a sus diecinueve años, mucho peor que la que padeció cuando resultó embarazada de Carlitos y el padre huyó. No salían lágrimas de los ojos de Mirtala, era tan fuerte el impacto, que sintió recorrer por su cuerpo un líquido caliente que le invadía hasta lo más profundo de su cerebro.

Carlitos la miraba, no entendía qué pasaba, tampoco se explicaba por qué su papá estaba en el periódico, con una ropa desconocida para él.

Doña Juanita rápidamente le llevó a Mirtala un vaso plástico con agua y con poco más de una onza de licor blanco, el más popular entre los pobres.

«Mirtala, tómate este trago, porque la impresión fue muy fuerte y podés parar diabética», le decía.

«De un solo trago, así no siente lo feo», le dijo Eleodoro.

Aguantó la respiración y en pocos segundos el estómago de Mirtala se calentó.

Sintió valor.

«Deme otro doña Juanita, ya se me está quitando el dolor de cabeza».

Manuel fue enterrado el miércoles, medio día lo velaron en su casa, en aquel cuarto donde él construyó muchas esperanzas, donde noche a noche tejía en su mente el futuro de su familia.

Después del sepelio, Mirtala apaciguaba el dolor con un trago. Casi a diario tomaba uno en la mañana y otro para dormir.

Con el paso del tiempo, ya bebía un tercero a la hora del almuerzo. Aunque faltara la comida, aunque sus hijos no tuvieran qué comer, el vicio la convirtió en una mujer irresponsable. Lejos estaba aquella joven mujer trabajadora, la que siempre contaba a todos sus sueños, los del futuro truncado.

7

VIAJE SIN REGRESO

Fue así como Carlitos, el hijo mayor de Mirtala resultó responsable de sus dos hermanos: de Manuelito que ya estaba por cumplir los tres años de edad... y ahora, a la familia se había sumado Enrique, un tercer hijo de Mirtala.

Carlitos cuidaba a todos. Ayudaba a su mamá porque Mirtala ya no trabajaba en la abarrotería. Doña Juanita había muerto y sus hijas, nuevas propietarias del negocio despidieron a Mirtala por sus permanentes borracheras y sus más frecuentes ausencias.

Ella se refugió mucho más en el alcohol. Ahora medio mantenía a sus tres hijos con lo que juntaba lavando ropa en las casas ubicadas en las cercanías de su vivienda.

Sólo se comprometía a lavar por las mañanas. La excusa era que por la tarde ya sus hijos regresaban de estudiar, aunque ellos ni siquiera conocían lo que era un lápiz, menos Enrique, el tercero de sus hijos, el más pequeño.

Con el paso del tiempo, ya ni los frijoles alcanzaban en la casa. Mirtala, al regresar de lavar, les preparaba un huevo revuelto y luego se iba a la calle; ahora tenía amigos en la bebida, muchos de ellos aprovechaban porque era ella quien aportaba a diario dinero para comprar los *cutos*.

Todas las tardes, se reunían en una esquina y con la *coperacha,* compraban un cuarto de licor. Era suficiente para mezclarlo con alcohol y lograr poco más de media botella que compartían en un ambiente que mostraba cómo ellos, los alcohólicos, los amigos de la bebida, estaban muy lejos de la realidad.

La piel de Mirtala dejó de ser blanca. Ahora su aspecto era como de un bronceado quemado. Estaba muy morena. Ya no visitaba a sus familiares que vivían en la Zona 18; ya no se acordaba de ellos.

Carlitos se desesperaba: no tenía televisor, sólo un viejo radio, ahumado, fiel reflejo que en casa se cocinaba con leña. Bueno, se medio cocinaba.

Las láminas de la casa estaban muy flojas y asustaba a los tres, el constante golpeteo entre los metales.

Así llegó el séptimo cumpleaños de Carlitos, el octavo, el noveno y el décimo. Ese fue el más difícil de su vida. Justo cuando apenas sabía leer, su mamá estaba agonizando.

La cirrosis hizo estragos en la desnutrida humanidad de Mirtala. Carlitos no sabía que su mamá había amanecido muerta esa mañana. Pensó en no despertarla, porque estaba lloviendo muy recio y mejor así, por lo menos ese día, no se juntaría con sus amigos de la bebida.

Cuidaba a sus hermanos, les cocinaba casi siempre lo mismo. Huevos revueltos, ya era casi un chef en esa modalidad.

Su sorpresa esa mañana, ya no había huevos, entonces, dejó a los dos, a Manuelito y a Enrique juntos. Cerró la puerta y la amarró con un pedazo de tela. Caminó unos treinta metros hasta la tienda.

Pidió dos huevos, al crédito, fiados, pero don Rocael le dijo que su mamá, doña Mirtala, le debía demasiado.

Regresó a su casa. Buscó y encontró una cebolla, un poco de arroz frío y tres tortillas. Todavía quedaba una pequeña bolsa de café. Lo puso a hervir y pensó en guardar una taza para cuando despertara su mamá, sin saber que ella ya no regresaría de ese sueño. Había emprendido un viaje sin retorno.

«Mejor que siga durmiendo», pensó Carlitos. Hoy por lo menos, no tengo que ir a traerla cargada, porque ya es muy seguido que se queda dormida en la calle. No me gusta que la miren tirada en la calle. Pensaba que no era bueno que los vecinos observaran a Mirtala en esa situación.

Él estaba acostumbrado a verla igual todos los días: ebria. Pero no podía dejar de aceptar que sus vecinos desprestigiaran a su madre, por las consecuencias, por los estragos, por los daños que el vicio hizo, no sólo en Mirtala, también en ellos, en sus tres hijos.

Carlitos tenía vagos recuerdos de su papá. Su mamá le había dicho que Manuel había tenido que viajar a Los Ángeles, California, para trabajar duro y ahorrar. También le había dicho que tomaba licor por tristeza y por no saber cuándo iba a regresar su esposo.

Carlitos no recordaba con claridad aquellas fotografías publicadas en los matutinos y vespertinos, donde apareció Manuel, muerto y acusado de secuestrador. No entendía por qué esas imágenes aparecían en su mente.

Mirtala le decía a Carlitos -porque con él platicaba todas las noches, cuando sus hermanos estaban durmiendo- que su papá siempre estaba pendiente de ellos, que estaba ahorrando y les compraría un televisor, ropa y juguetes. Él siempre le respondía que eso no importaba; lo que quería era que regresara su papá, porque así ella dejaría de emborracharse.

Las lágrimas corrían por los hundidos pómulos de Carlitos. Desafiaba a Mirtala, diciéndole que no importaba no tener televisor, si ni siquiera contaban con luz eléctrica. A lo lejos se acordaba cuando alguna vez ayudó a su papá en la instalación de los tres focos que había en la casa, y que ya no encendían, porque desde hacía mucho tiempo el servicio les fue cortado, por falta de pago.

Aunque la lluvia bajaba su intensidad, el agua continuaba cayendo.

Ya era de noche y Mirtala no despertaba. Acostó a Manuelito y a Enrique, antes les dio unos sorbos de café de la taza que le guardaba a su mamá.

Amaneció y Mirtala seguía durmiendo.

Entonces Carlitos caminó hasta la tienda, le pidió a don Rocael que lo acompañara a su casa porque su mamá no despertaba desde ayer y estaba muy fría, aún tapada con suficientes ponchos.

«Vieja, acompañá a Carlitos», le dijo don Rocael a su mujer.

Doña Agustina, que ya alcanzaba los cincuenta años, caminó con Carlitos.

El rostro de Mirtala estaba pálido, igual al que se puso el de doña Agustina, por impresión de ver muerta a la mamá de Carlitos.

Cargó a Enrique y le dijo a Carlitos: meté un poco de ropa tuya y de tus dos hermanos en una bolsa. Doña Agustina salió apresuradamente de la humilde vivienda con los tres niños. Llevó a los tres al corredor de su casa.

«¡Rocael, vení rápido!» gritaba doña Agustina.

«¿Qué pasa mamá?» gritó Rocaelito, un joven de diecisiete años. «Estoy durmiendo».

«Fijate que doña Mirtala está muy pálida y muy fría», le indica doña Agustina a su viejo compañero de hogar.

Rocaelito continuaba durmiendo y sólo se alcanzaba a escuchar esas frases que reflejaban el irrespeto por sus padres:

"estos viejos cómo molestan, no dejan dormir" y eso que el reloj ya marcaba las ocho de la mañana.

Mirtala, quien recientemente había cumplido veintisiete años, murió acostada en su cama. El informe revelaba que falleció por desnutrición. Fue enterrada en el mismo cementerio donde estaban los restos de Manuel, el único marido que quiso con todo su corazón; por cuya desaparición se escondió en la bebida, en el alcoholismo, a pesar que en su conciencia sabía que sus tres hijos la necesitaban, incluyendo a Enrique, el más pequeño, producto de su relación con un compañero de copas. A saber si Mirtala descansaría en paz.

Doña Agustina visitó a las vecinas de la cuadra y de otras, donde Mirtala llegaba a lavar y a planchar, ya que en los últimos tiempos lo hacía muy de vez en cuando.

Lograron juntar el dinero para comprar la caja. La adquirieron en la funeraria, ubicada muy cerca de la abarrotería de doña Juanita, la misma donde trabajó Mirtala y en donde conoció a Manuel.

Don Antonio, el encargado de la funeraria les hizo un buen descuento y prestó dos candelabros, además de un cuadro con la imagen de Jesucristo que usaron en la velación, en el mismo cuarto donde poco menos de ocho años atrás, Manuel había sido velado.

Durante el velorio, no faltó café y panes con jamón y otros con frijol. El dueño de la panadería de la esquina, don Martín, mandó a regalar suficiente pan dulce.

Para Carlitos y sus dos hermanos, fue el día en que comieron lo suficiente. Ya llevaban muchos meses sin completar un día con las tres comidas.

Si acaso medio desayunaban y comían poco después del medio día. En las noches, a falta de alimentos, eran sorbos de café los que sustituían la cena.

Carlitos sí entendía lo que estaba pasando, al igual que Manuelito, quien estaba por cumplir 9 años y Enrique, casi tres, ambos criados por su hermano mayor.

Eran pocas las personas que llegaron al velatorio y por la noche se repetía la historia, de nuevo solos, como ocurría comúnmente, porque desde que Mirtala enfermó de alcoholismo, nunca regresó temprano a casa.

Doña Agustina se quedó dormida entre las sillas de metal. Don Rocael calentó los residuos de café. Carlitos dormía junto a sus hermanos en el mismo lugar de siempre, en la cama de madera, la que no alcanzó a cambiar Manuel.

8

ROCAELITO

Las primeras luces del sol alumbraban el patio. Era un miércoles, el día que doña Mirtala sería enterrada. La quietud de la madrugada se perturbó con la presencia de unos treinta jóvenes; todos mostraban cierta felicidad, pero no por la muerte de doña Mirtala. Ellos, los jóvenes, fumaban de todo, hablaban de todo y se profesaban lealtad, especialmente a Rocaelito.

Carlitos despertó. Como cosa rara, se sentía descansado. Hacía mucho tiempo que no dormía de esa forma. Tal vez la muerte de doña Mirtala le quitó un peso de encima, esa angustia de ver ebria a la madre, día a día.

Rocaelito, el hijo menor de don Rocael y de doña Agustina, era el ejemplo de la *cuadra*. Estaba con sus amigos en el patio. Llevaba dos números en la frente y Carlitos se dijo que él, cuando fuera más grande, se iba a poner unos iguales.

Carlitos iba hacia la letrina, Se levantó con cuidado para no despertar a sus dos hermanos.

«Hola Carlitos», le dijeron los amigos de Rocaelito. «Te trajimos esto y le enseñaron un pequeño televisor de catorce pulgadas». Era para ver en blanco y negro. Hasta las ganas de ir al baño se le quitaron de la emoción.

«Los vamos a cuidar. No tengás pena», le expresó Rocaelito. «Después que enterremos a tu mamá, vamos a regresar con comida»,agregó el más pequeño del numeroso grupo de amigos.

Todos tenían algo en común, tenían visibles números y figuras en el rostro, eran rudimentarios tatuajes, donde el artista olvidó la técnica y la inspiración.

Sobresalía el número 18. Casi todos lo portaban en el rostro, aunque las mujeres, como cuatro que estaban en el grupo, lo llevaban escondido, entre el abdomen y la garganta. Eso lo supo Carlitos, mucho tiempo después.

«Mirá Carlitos, ellas, las *Jainas* van a venir todos los días a cocinar y a atenderlos y nosotros, los *Homis* estaremos siempre cerca. Los vamos a cuidar», gritó uno del grupo.

«Si alguien te molesta nos llamás. Acordate de que en el día estoy en la casa, casi siempre en las mañanas», agregó Rocaelito.

9

LA INICIACIÓN

A partir de entonces, sus hermanos ya no pasaban hambre. No comían de forma desordenada, hasta el pollo lo probaban más seguido. Conocieron el sabor de la leche. De nuevo regresó a su casa la luz artificial. Rocaelito y sus amigos arreglaron los cables rotos y pagaron la cuenta. Miraban el televisor que les regaló el grupo.

Ahora en la casa se mantenían más personas. Allí les cocinaban, tenían ropa nueva y algunos juguetes que les llevaban los amigos de Rocaelito.

Carlitos, quien estaba por cumplir los 12 años, recibió de Rocaelito sus primeros conocimientos sobre un arma de fuego. Empezó a salir por las noches, ya fumaba cigarrillos hechizos, le decían, desconociendo que era marihuana la que consumía.

Se sentía *chilero*, les contaba Carlitos a los del grupo, Manuelito sólo escuchaba con emoción, Carlitos era su héroe, él, su hermano mayor los cuidaba, les daba de comer y ahora tenían amigos que les proporcionaban de todo.

Las salidas nocturnas de Carlitos fueron más frecuentes. Sus hermanos quedaban al cuidado de las *Jainas*.

Carlitos, se sentía seguro, su rostro mostraba expresiones de alegría, pero no entendía por qué la muerte de Mirtala, su mamá, les había dejado esas amistades: Se preguntaba: «¿Por qué esos amigos no llegaron cuando ella estaba viva?»

Desconocía Carlitos, que en medio de sus borracheras, Mirtala había advertido a Rocaelito y a su grupo, que no se acercaran a sus hijos. Su embriaguez no era obstáculo para que ella descifrara los peligros de ser parte de la pandilla, de la *mara*, del grupo del barrio, el que cuidaba el territorio, el encargado de evitar que llegaran jóvenes de otros lugares a perturbar a los vecinos.

Carlitos empezó a usar pantalones holgados, tenis nuevos. Antes, nunca antes, había estrenado tan siquiera un par de calcetines, o al menos no se acordaba. Ahora podía comprar, sus amigos del grupo le daban dinero y nuevas tareas. Lejos estaba de saber que se acercaba a la última fase del proceso de iniciación en el grupo, en la pandilla. Estaba presto para jurar lealtad al barrio, para poner su vida como fiel testimonio de su compromiso con la pandilla, la que ahora era su familia.

Sólo fueron dieciocho segundos de golpes que le propinaron dieciocho de sus compañeros. Pero para Carlitos fueron una eternidad. El rito de iniciación decía que no podría defenderse. Sólo le permitían cubrirse el rostro. Los golpes fueron intensos. Sentía que se le desgarraba la piel. Eran dolores que nunca había sentido, pero nunca más fuertes que los que padeció en su corta vida, con la muerte de sus padres. No llegaba a los trece años y la golpiza le dejó fuertes dolores en el pecho, en la espalda, en las piernas; pero sobre todo, en los brazos con los que cubrió su rostro, que también reflejaba las secuelas de la paliza del bautizo.

Quedó medio sordo durante varias semanas. Una de las patadas le partió el pabellón de su oreja izquierda, la misma con la cual ahora escuchaba muy lejos. Era un dolor corporal que lo dejaba sin aliento. Mantuvo la conciencia durante esos dieciocho segundos, tiempo durante el cual su mente hizo un rápido recorrido por lo que había vivido. Recordó lo poco que guardaba su cerebro de Manuel, su papá. Carlitos nunca supo que su padre biológico lo abandonó antes de nacer. De él, había heredado los vivarachos ojos de color claro, que le permitían no pasar inadvertido. Esos eran los ojos que lo comprometerían con más de una mujer, desde luego, no sólo con las de la pandilla. Fueron instantes de dolor físico, pero que superó trayendo a su mente, cuando Mirtala, su mamá, lo vestía con su uniforme de fútbol. Vinieron también a su cabeza, las imágenes de dos hombres: las caras de Fidelino y Tomás, quienes abordaron a Manuel, su padre y lo llevaron a componer el destartalado vehículo del jefe Cayetano.

En ese corto instante quiso encontrar explicación a esas imágenes, pero no supo por qué los rostros de los policías secuestradores le aparecían de manera repentina. Carlitos se levantaba una y otra vez. Recibió los golpes con honor, el dolor nunca hizo que se doblara.

Rocaelito estaba sorprendido. Cómo ese pequeño cuerpo, de alguien que escondía su esqueleto debajo de la ropa holgada, a quien ya identificaba como miembro de la pandilla, soportaba sin inmutarse la paliza que sus compañeros le propinaban como parte del bautizo. Ésa era la bienvenida a la pandilla.

La recuperación de Carlitos fue rápida; a lo sumo tres días estuvo en reposo.

10

EN LA CLICA

E mpezó como "bandera". Cumplía jornadas de dos horas en la calle. Su responsabilidad era avisar cuando aparecieran agentes de la autoridad o miembros de la pandilla rival, los de la *Salvatrucha*, porque él, Carlitos ya era parte del *Barrio-18*, de la *Mara 18.*

Después fue "transportador". Sí, le correspondía llevar drogas de un lugar a otro. Su corta edad era una buena coartada, porque era más difícil que fuera detectado por los policías del lugar.

La verdad era que los agentes estaban más preocupados en reunir los sobornos que a diario recibían de las pandillas, que en evitar que los jóvenes, ya delincuentes, cometieran su fechorías.

Las *Clicas* habían establecido fechas, horarios y tarifas para entregar su parte, a los jefes policiacos. La venta de repuestos al menudeo nunca le dejó tan buenos dividendos al jefe Cayetano, como estos aportes.

Ya no tenía necesidad de transportarse en su vetusto vehículo asiático. Ahora, el jefe Cayetano era propietario de un 4x4. Fidelino, Tomás, Humberto y Rafael ya no se preocupaban de los vales de gasolina, de su bolsa le colocaban el combustible a sus patrullas, que ya no eran tan viejas porque la llegada de los gobiernos democráticos, también se reflejó en la adquisición de más automotores.

El Estado ya no sólo cambiaba sus autos y motopatrullas cuando la caridad internacional lo decidía. No, ahora se compraban con el presupuesto, porque también esa mecánica dejaba buenos ingresos extras a los funcionarios.

Carlitos estaba muy activo dentro de la pandilla. Rocaelito, quien dejó de ser adolescente, se había convertido en *"Primera Palabra"*, o sea, el máximo responsable de la *Clica*. A sus antecesores, los tribunales los condenaron a purgar penas superiores a doce años de cárcel.

Ahora Carlitos estaba listo para ser del círculo cercano al *"Primera Palabra"*. Su misión esa tarde sería atacar, hasta la muerte, a uno de los miembros de la pandilla rival, que estaba tratando de incursionar en el territorio del Barrio-18.

Aunque no era experto en el uso de las armas, Carlitos ya estaba familiarizado con varias, sobre todo con las escopetas 12 recortadas y las hechizas.

Ahora siempre caminaba armado con un revólver 38 corto, una Colt que le habían vendido a Rocaelito, los seguidores del jefe Cayetano.

En lo más profundo del barranco, donde ya no se divisaban las láminas de su casa, practicaba tiro, no a diario, pero muy seguido y de esa manera controlaba los nervios. Y así empezó a cambiar el temor por el respeto a las armas.

Ya eran casi las siete de la noche de ese miércoles caluroso. El verano guatemalteco había llegado ese año con mucha más humedad. Pero la cerveza ayudaba a calmar la sed a todos, a pandilleros y a policías.

Carlitos bebía a lo sumo, dos botellas. Recordaba que su madre perdía la consciencia, que quedaba tendida en la misma esquina que ahora él cuidaba, por beber licor. Sólo recordar esas escenas de Mirtala acostada a la orilla de la banqueta, era más que suficiente para que Carlitos evitara embriagarse.

«Bueno Carlitos, te van a acompañar Miguel, Luis y Borolas, el nuevo *Tercera Palabra* de la *Clica*» le dijo Rocaelito. «Borolas te explicará en el camino. Él te ayudará a cumplir un paso importante en el barrio», le dijo Rocaelito.

Los cuatro salieron caminando, no tenían prisa en avanzar. Ninguno mostraba nervios. Todos estaban muy relajados. El Borolas sacó un cigarrillo de marihuana y lo compartió con su pequeño grupo de acompañantes.

Carlitos inhaló, a lo sumo, unas tres bocanadas del místico humo; suficientes para sentir cambios inmediatos. Llegaron a la esquina donde hacen la última parada los buses de la *Ruta 63*, antes de incorporarse al tráfico de la calle Martí, la vía rápida del sector. Bueno a lo que dicen llamar vía rápida aún cuando a los automovilistas les toma más treinta minutos para avanzar en los seis kilómetros de longitud de esta ya famosa calle.

Miguel sacó bajo su ropa, una Glock, recién comprada. Luis y el Borolas hicieron lo mismo y le indicaron a Carlitos que tuviera lista su Colt, que esa noche tenía un brillo más intenso; parecía que había pasado por una aguda limpieza.

Ya habían transcurrido cuarenta minutos cuando apareció el Gato. Caminaba despreocupado, sin advertir que desde unos ciento cincuenta y cinco metros, sus movimientos eran vigilados.

Fue ese el instante, el momento preciso, cuando Borolas dio la orden. Carlitos tenía que salir al encuentro del Gato. Sin despertar sospechas le tendría que disparar y evitar que el rival *Salvatrucha* tuviera la oportunidad de defenderse.

El Borolas encendió otro cigarrillo de los que ellos envolvían y se lo pasó a Miguel y a Luis, porque Carlitos se alejaba de la esquina. Los tres estaban con la mirada puesta a media calle. Ese era justamente el lugar para que Carlitos disparara.

Tenía que matar al Gato a media calle, para que su asesinato corriera como noticia de última hora; que su cadáver apareciera fotografiado, en uno de esos matutinos, de los dos que se han especializado en destacar los asesinatos, asaltos, secuestros, es decir los hechos delincuenciales.

Era la culminación de un proceso. Carlitos sólo debía cumplir con ese requisito para ser uno de los miembros activos, como soldado de la pandilla. Ya no sería bandera, vigilante ni transporte de las drogas.

11

EL OTRO ROL DE CARLITOS

Rocael sabía que Carlitos estaba progresando rápidamente. Sabía era muy inteligente, y eso lo estaba demostrando cuando inscribió en la escuela a sus pequeños hermanos, Manuelito y Enrique.

Manuelito estaba cursando la primaria. Era un buen estudiante y de manera sostenida avanzaba en el aprendizaje; Enrique empezaba en la escuela de párvulos. Recientemente había cumplido seis años y Carlitos le compró como regalo de cumpleaños, en un puesto del mercado de San Martín, un camión grande, tan grande que Manuelito casi cabía en él.

Carlitos, en su subconsciente sabía que ser parte de la pandilla podría traerle problemas, no sólo a él, sino también a sus hermanos. Por eso se puso como propósito primordial ser eficiente con su familia, con el barrio, con la pandilla.

Aunque continuaba viviendo en las orillas del puente, ya no era la última familia de la calle, porque las invasiones habían quitado de un solo tajo el área verde que él disfrutó cuando era pequeño.

La peligrosa pendiente, que conocía como la palma de su mano, tenía ahora más inquilinos, muchos más. Habían llegado poco a poco y Carlitos ni cuenta se había dado.

Los conocía, pero los nuevos inquilinos, muchos niños y jóvenes, como sus hermanos y como él no eran sus amigos; sabía que la amistad sólo se profesaba en la pandilla, en el barrio, al fin y al cabo, la pandilla era su familia.

Manuelito empezó a destacar. Como iba a participar en los actos del día de la madre, le tocaba declamar un poema para la mamá que él vagamente recordaba, para Mirtala decía él. No sabía que dentro de lo más profundo del interior de Carlitos, ese anuncio, rompía todo.

Carlitos no podía llorar, no estaba acostumbrado a hacerlo y en la pandilla, en el barrio, eso no era común ni siquiera dentro de las *Jainas.*

Todas las tardes y en las noches, antes de salir, Carlitos repasaba el poema con Manuelito, esperaban que Enrique se durmiera. ¡Ah! Ya tenían camas nuevas, Enrique dormía en una imperial infantil, la que nunca tuvieron sus hermanos grandes, pero que igual, la disfrutaba con sólo verlo descansar.

No es la más bonita,

tampoco la más joven,
pero su corazón es el más grande del mundo.

Así empezaba el poema a la madre.

Carlitos no se inmutaba, pero le dolía el pecho. No era el corazón. Eran sus recuerdos, los de su infancia, que estaban a la vuelta de la esquina, porque Carlitos ni siquiera había alcanzado los dieciséis años de edad.

Los ensayos continuaban en casa y en la escuela. Manuelito tenía que estar listo para el 8 de mayo, ese viernes, a las 9 de la mañana tendría que declamar el poema, que seguía así:

Se desvela en la enfermedad,
no desmaya en la adversidad,
camina con paso seguro por el sendero de la
    vida.
Es mi Madre,
se parece a la de ustedes.
Son casi iguales,
luchan por nosotros, por igual.
Nos proveen amor, alimentos y calor.
Bueno, la mía ya no me da calor, ella está allá,
donde no la miramos, pero sí la sentimos.
La de ustedes está aquí y la mía en el cielo.
Feliz día de la madre.

Los aplausos surgieron, pero más eran las lágrimas que corrían en las mejillas de Manuelito. También en las de

Carlitos que estaba junto a Enrique, sentados al frente del salón, donde la aglomeración provocaba un intenso calor.

Era la primera vez que Manuelito miraba llorar a su héroe, a su Carlitos; quería explicarse cómo su hermano que le enseñaba a no desfallecer frente a los problemas, lloraba.

Esas lágrimas brotaron acompañadas de una sonrisa. Los claros ojos de Carlitos lo delataban. Estaba orgulloso de su hermano, a pesar que el poema lo había quebrado. Sabía que ser hombre no le permitía llorar. Las lágrimas siempre las había dejado para compartirlas con su soledad. Pero hoy era un día especial, una jornada de homenaje a la madre, a Mirtala, que murió abandonada en el alcohol. Sólo estaba pendiente el otro homenaje que esperaba a Manuel, un reconocimiento para su papá, de quien guardaba los mejores momentos.

Recordaba que casi todos los días al lado de su padre fueron intensos; esas jornadas en el campo de fútbol, donde domingo a domingo vivía el mejor día de la semana y no era por los helados, ni por las golosinas, que de vez en cuando le compraba su papá; era por el tiempo que compartían.

Era por ese esfuerzo que Manuel hacía con su pierna derecha para jugar al fútbol. A pesar de los estragos de la polio, Manuel se las arreglaba para regresar el balón hasta donde corría Carlitos. Ese Día de la Madre alcanzaron a beber horchata; y de paso les dieron un tamal. Era un menú que ya no extrañaban, porque desde que Carlitos estaba en el barrio, en la pandilla, a ellos no les faltaba la comida. Los sábados, el tamal y el pan recién horneado que hacía don

Martín, el panadero de la esquina, en su viejo horno de leña, nunca les faltaban.

Iniciaron el regreso. Poco a poco se alejaban de la escuela, iban de nuevo para la casa, allá a la orilla del barranco, pero ahora ya contaban con un cuarto construido con bloques de cemento, aunque el techo seguía siendo de láminas, estaban ahora mucho más seguras. Caminaron despreocupados. Compartían en medio de la tristeza que les generaba la ausencia de Mirtala, la madre de los tres, pero se sobreponían, sólo con el hecho de estar juntos. Para Carlitos, haber estado en la escuela ese 8 de mayo, ese viernes, ya era un factor de alegría, de satisfacción.

Pensó en estudiar por las noches, al menos aprender a leer y a escribir. Otra opción era ser parte de los alumnos que su vecina Guadalupe tenía que alfabetizar, como uno de los requisitos para graduarse de maestra de educación preprimaria. Ambos habían crecido en la misma *cuadra*, sus casas estaban muy cerca. Además, con Lupe, Carlitos en más de una ocasión había cruzado pícaras miradas.

Ahora le daba vergüenza mirarla, porque Lupe, cuatro años mayor que él, siempre le había aconsejado que estudiara, palabras que aún sonaban en su pensamiento.

Entraron al cuarto, estaba bien ordenado, raro para un grupo donde vivían hombrecitos, pero en su época buena, doña Mirtala les imponía la regla del aseo y el orden.

Siempre les decía: «no importa estar con ropa remendada, pero limpios»; aunque ello implica hacer más de cuatro viajes al tanque municipal para acarrear unos ocho galones de agua del contaminado depósito comunal, líquido que su mamá colocaba en la pila para lavar toda la ropa de la familia, que lo hacía cada domingo.

En sus primero años, después de la muerte de su papá, Carlitos y sus hermanos padecieron todo tipo de problemas, pero nunca perdieron la alegría de niños, inclusive ni en la enfermedad del alcoholismo de su mamá; problemas que paradójicamente se complicaron con la muerte de Manuel, pero que se resolvieron, por lo menos en los aspectos materiales, con el fallecimiento de Mirtala.

Caminaron por la transitada calle Martí. Sí, la José Martí, la que conectaba la capital guatemalteca con la carretera que llevaba hasta el norte del país, hasta la frontera con México, pasando por el departamento de El Petén; una vía que también permitía conectar con el caribe guatemalteco, la ruta que estaban utilizando los *mojados*, los inmigrantes centroamericanos.

Carlitos y sus hermanos siempre se desplazaban por los mismos lugares. No conocían más allá del Puente Belice y hasta unos dos kilómetros a la redonda, exactamente en la parroquia, a donde iban cada domingo, a comprar las ya famosas como deliciosas cremitas.

No llevaban hambre, la refacción de la escuela aún les sustentaba. La tarde presagiaba lluvia, que sería una de las primeras, con la que tal vez ya se iniciaba el invierno, o mejor dicho, la época lluviosa, porque en Guatemala sólo se registran dos estaciones: la seca y la lluviosa, así de sencillo, sin complicaciones. En Guatemala casi nadie sabe qué es la primavera y menos el otoño.

Pasaron frente a la tienda de don Rocael y de doña Agustina. Ella había fallecido hacía poco. Ésa era la causa por la cual la tienda perdió su prestancia, ya casi ningún producto estaba a la venta. Las estanterías tenían ya pocos productos, apenas se miraban algunas latas de frijoles, algunas pequeñas bolsas de cloro y tan sólo media docena de huevos.

En esos momentos apareció Rocaelito, le dijo que necesitaba hablar con él; Carlitos le respondió que sólo llevaría a sus hermanos a casa y que regresaría.

Entraron por la puerta, también de lámina. En la pila, una de las *Jainas*, de las cuatro de la pandilla que vivían en el mismo terreno donde ellos nacieron. Lavaba la ropa y estaba tan entretenida que se asustó al escuchar las voces de los tres hermanos.

En el mismo sitio tenían su cuarto, el que construyó de lepa Manuel. Ese era el hogar de las cuatro pandilleras y los cuatro *Homis* del Barrio 18.

Ellos se encargaban de casi todo. Carlitos también aportaba para los gastos de la casa, porque ahora ya contaba con su propia billetera.

Encendió el televisor para que Enrique se quedara entretenido. Le dijo a Manuelito que le encargaba la casa y que regresaría rápido.

12

CARLITOS MALACARA

Se encontró casi a media calle con Rocaelito. Bueno ya era Rocael Jr.

El *junior* de los Rocael, le dijo que necesitaban agenciarse de más fondos; que los jefes policiales aumentaron la tarifa y que querían su cuota, ya no semanal, sino que la querían a diario.

Le contó que el jefe Cayetano, el regordete y sudoroso jefe de la estación policial, le aconsejó que cobraran un impuesto en los autobuses. Les prometió que dejaría libre el último trayecto del recorrido de los buses que venían del centro de la ciudad y que no colocaría agentes en esa parte de la ruta.

El jefe policial que ya estaba entrando a los cincuenta y siete años. Le dijo que pidiera y no robara, para evitar poner en alerta a la autoridad; bueno, para que sus jefes no lo obligaran a trabajar.

Tenían que empezar rápido, el plazo sólo era de una semana. Rocael dijo que se juntarían en la esquina, donde está la panadería de don Martín, a las siete de la noche. Igual instrucción dio Rocael Jr. al Borolas, quien ya se había convertido en la *Segunda Palabra* del grupo, sustituyendo a Efraín, quien misteriosamente desapareció. No se supo si fue víctima de la limpieza social o abandonó el barrio.

Carlitos no percibía que al participar en la reunión. Se convertiría en la *Tercera Palabra.* Es decir, el tercero en el mando vertical de la *Clica*; sería a partir de esa noche, el encargado de los operativos de la pandilla.

Dejaría de ser soldado y de manera rápida estaba alcanzando una relevante posición, aunque no comprendía aún la magnitud de la responsabilidad que asumiría esa noche.

Se planificaban acciones que ya afectarían de manera directa a los vecinos. Antes subsistían solamente con el traslado de las drogas y por ello peleaban a muerte contra sus rivales *Salvatruchas.*

Planificaron subir a los buses en la 16 Avenida y tratar de bajar, a lo sumo, dos cuadras después, es decir doscientos metros más adelante. Carlitos sería el responsable del grupo. Ubicaría a los *"banderas"* de manera estratégica. El *círculo uno* sería controlado por él.

El Borolas estaría a cargo de vigilar la ruta y Rocael fue designado para alistar las armas y con el carro, la panel, por si era necesario huir, porque nunca habían operado afectando a los vecinos de manera tan directa.

Carlitos encabezó el grupo, subió al bus con cinco *soldados* más.

«Hoy nos acercamos a ustedes para pedirles nos apoyen. Necesitamos juntar un poco de dinero, porque la mamá de uno de nuestros compañeros está muy enferma», dijo Carlitos a los pasajeros.

Bajaron en la esquina como estaba previsto. Esperaron que llegara el otro autobús. La frecuencia era más rápida, porque a las nueve de la noche dejaban de dar servicio, por ello casi todos los autobuses estaban regresando a la estación del extremo de salida.

Faltaban pocos minutos para las ocho de la noche. Manuelito le preguntó a Enrique si quería comer. Le había calentado un poco de frijoles negros, alimento tan común en las casas guatemaltecas.

Enrique asintió con la cabeza, no quería perder detalle alguno de la caricatura. Era la última del día. Manuelito se sentó cerca de la cama de Enrique. Juntos comieron. Devoraron los frijoles que habían cocinado esa tarde.

Aunque al día siguiente no debían levantarse temprano porque sería sábado, Carlitos los tenía acostumbrados a despertar siempre a la misma hora. No podían llegar tarde a la escuela. Le gustaba estar junto a sus dos hermanos, frente a la puerta principal

faltando un cuarto para las siete y por ello
la rutina de levantarse siempre temprano.
*Ya el segundo bus había sido abordado por Carlitos
y su grupo.*

El mensaje fue el mismo. Casi todos los pasajeros los conocían como jóvenes bullangueros, que se reunían para escuchar música *heavy metal*.

Los usuarios del servicio no sospechaban que algo malo se estaba iniciando dentro de los autobuses del transporte público. La faena culminó con lo requerido en siete de los descuidados buses del servicio urbano.

«Todo salió bien»,, dijo Carlitos a Borolas, quien le esperaba cerca de la esquina, frente a la herrería de don Felipe.

Juntos caminaron al encuentro de Rocael Jr. Carlitos les contó que la jornada no fue buena: sólo lograron reunir ciento sesenta y tres pesos, de los quinientos que quería a diario el jefe Cayetano.

El *Primera Palabra,* Rocael Jr. dijo que el jefe Cayetano les dio como plazo una semana para que se organizaran. El próximo viernes tendrían que empezar a entregar los quinientos pesos diarios.

Borolas dijo que hablaría con los compas de la mota, para ver si quieren aumentar los envíos. Mientras, Rocael Jr. le indicó a Carlitos que al siguiente día, poco después del mediodía, visitarían al jefe Cayetano y que lo acompañaría a la sede de la estación policial.

13

RUTINA FAMILIAR

Manuelito estaba cansado. Enrique ya estaba dormido. Pensó en apagar la luz de la puerta, pero tenía miedo a la oscuridad-

«Mejor la dejo encendida. Así, cuando regrese Carlitos, mira bien".

Pensó Manuelito.

Se despertó a la siete de la mañana. Enrique ya le había pedido que encendiera el televisor. Quería ver las nuevas caricaturas. Ahora ellos contaban con el servicio de televisión por cable.

Carlitos ya estaba bañado y limpio. Recién terminaba de preparar el desayuno. Se imaginaba que atender a sus hermanos era parte de las acciones que tenía que cumplir para que su mamá y su papá le echaran sus bendiciones y que además sus padres estuvieran tranquilos en el cielo.

Después de desayunar, a Manuelito le correspondía barrer el cuarto, aunque los *Homis* y las *Jainas* podían ayudarlo; él, Manuelito, tenía que cumplir con obligaciones acordadas desde hacía mucho tiempo con su hermano mayor, que mantenía disciplina y orden en su casa.

Carlitos le sirvió el desayuno a Enrique. Le preparó su ropa, porque le indicó que después de comer tenía que bañarse y luego podría jugar.

Manuelito mostraba una sorprendente destreza en el dibujo. >Decía que le gustaría diseñar casas y construir una grande para que vivieran los tres juntos. A Manuelito no le agradaba del todo la presencia en su casa, de los ocho amigos de la pandilla de Carlitos.

Pero no le decía nada a su hermano mayor. No por miedo, sino por respeto; reconocía que estaban saliendo adelante con el apoyo de Carlitos.

Cuando platicaban, que era muy a menudo, siempre Carlitos le recalcaba que su esfuerzo tenía que ser en los estudios; que ser de la pandilla era bueno, pero que sería mejor estudiar.

Carlitos protegía con exceso a sus dos hermanos menores. Nunca los regañó, como tampoco lo hicieron con él sus papás.

Casi era mediodía. Carlitos les dijo a sus hermanos que tenía que salir un momento y que regresaría rápido para jugar a la pelota, en la calle. Al fin y al cabo era muy remoto que pasaran vehículos por ese lugar, una vía de tierra.

14

EN LA OFICINA DEL JEFE

Pasó por la casa de Rocael Jr., quien ya estaba preparado para salir. Juntos se encaminaron rumbo a la oficina del jefe Cayetano; mientras Borolas se acercaba con cautela a la estación de la policía. En ese momento era el encargado de actuar por si algo salía mal.

No llevaban sus armas, las que casi nunca dejaban abandonadas, menos cuando salían de los linderos de su territorio. Pero en esta ocasión no podían entrar a la oficina del jefe Cayetano con la Glock ni con la Colt.

El sol quemaba, a pesar de que en el cielo se avizoraba una tarde nublada. Llegaron treinta y cinco minutos después de haber salido de la casa de Rocael. Traspasaron el patio donde se estacionaban los autos y las motos patrullas.

«Borolas, ¿Cómo vamos a conseguir los quinientos pesos diarios que quiere el jefe Cayetano?»

«Tranquilo Carlitos, ya encontraremos la forma de cumplir, porque este policía si es de malas pulgas».

Carlitos dejó fija su mirada hacia la puerta del edificio policial. Observaba algún parecido en los dos rostros que le aparecieron en el sueño, con aquellas caras de los dos policías que estaban en la puerta de ingreso de la estación policial.

Eran la de los agentes Fidelino y Tomás, caras muy parecidas a los rostros de aquellos dos policías que le acostumbraban hablar a Manuel, siempre que llegaban al campo.

«Caras misteriosas son éstas, porque estoy pensando en mi papá. ¿Pero que tienen que ver con él en mis sueños?», pensaba Carlitos.

Estaba próximo a cumplir dieciséis años. Eran pocos los días que faltaban para su cumpleaños, que no celebraría, o quizás sí comería algo especial con sus dos hermanos.

«¿Será posible que mi papá me quiere decir algo y por eso llegué hasta aquí?» pensaba Carlitos, aunque muy atento a lo que ocurría en la sede policial.

«Pasen, el jefe Cayetano los espera», dijo el agente Fidelino, interrumpiendo los pensamientos de Carlitos.

«Te quedás aquí un momento», le dijo Rocael Jr. Entendía que esa petición era la señal para estar alertas, por si se complicaba la plática con el Jefe Cayetano.

«¿Tenés calor?» preguntó Tomás.

«Un poco, respondió». Y luego preguntó: «¿Usted trabaja desde hace mucho tiempo aquí?»

«Sí, tengo como veinte años. Desde que me enviaron de mi pueblo de Totonicapán, ya nunca me cambiaron de estación».

La cara del policía enseñaba los rasgos de los habitantes de los pueblos del occidente de Guatemala. Eran de cara redonda, pómulos pronunciados, morenos y pelo parado con labios anchos.

«¿Conoce a todos por aquí?»

«A casi todos los he visto nacer y crecer, algunos hasta morir».

«Ah, entonces usted conoció a mi papá Manuel».

«¡Huy!, aquí hay muchos Manueles», dijo el policía. «¿Es policía?»

«¡No! mi papá venía todos los domingos al campo de fútbol, el que está atrás de la academia, aquí», dijo dirigiendo su dedo índice hacia el poniente.

«¿En qué equipo jugaba tu papá, era delantero?»

«No mi papá nunca jugó. Sólo miraba, porque la polio le afectó su pierna derecha, nunca pudo jugar. Mi mamá me contó que él, mi papá, apareció muerto con un uniforme igual al suyo. Todavía tengo el periódico que siempre guardaba mi mamá Mirtala».

El rostro de Tomás mostró un cambio radical. Sí, sus canas se observaban más delineadas.

«¿Por qué estará tenso este *chonte*?» pensó Carlitos.

«Carlitos vení, entrá», le gritó Rocael Jr., desde el fondo del corredor. «Mirá, es el jefe Cayetano».

«Mire Jefe, Carlitos le traerá el dinero todos los días».

«¡Carlitos!, hay que traer el dinero antes que el jefe Cayetano se vaya a cenar, y él no espera que den las siete de la noche para sentarse en su mesa, o ir a uno de los comedores de allá afuera».

«¿Cuánto le tengo que traer?»

«Nos hizo una rebaja. El jefe Cayetano nos recibirá trescientos pesos diarios durante los dos primeros meses; después iremos aumentando la cuota hasta llegar a setecientos pesos diarios».

«¡Pero dijo que sólo serían quinientos diarios, pues!»

«No Carlitos, como nos rebajó estos dos meses, ese dinero se lo tenemos que recuperar después. Tampoco nos podemos atrasar, por cada día que no traigamos el dinero le tenemos que pagar cincuenta pesos más, de multa».

«Rocael, ¿cómo lo vamos a juntar? Quinientos pesos diarios es mucho dinero».

«Tranquilo, ya me aconsejó el jefe Cayetano que le cobremos veinte pesos diarios a los dueños de las tiendas, panaderías, en las sastrerías, carnicerías. También aconseja que vayamos al mercado de San Martín y le cobremos cinco pesos a cada vendedor. Dice que todos los días pasan como unos ciento cincuenta buses y si les pedimos diez pesos a cada uno, pues sacamos buena lana. Le queda a él y nosotros tendremos mucho dinero. A cambio de los quinientos pesos, no colocará puestos de registro. Los agentes pasarán como si nada y cuando vengan los jefes, nos avisarán para que no salgamos a la calle».

«¡Este Jefe Cayetano sí que ganará mucho dinero sin hacer nada!», le dijo Carlitos a Rocael al salir de la estación de la policía.

«¿Qué pensás, Borolas?»

«¡Sí hombre!, estos policías son bien mafiosos. A mi papá siempre le quitan algo de la tienda y si no, lo amenazan con ponerle hierba y con eso lo meten a la cárcel».

«Qué hijos de su mera madre», refunfuñó Carlitos.

Casi inmediatamente les comentó a sus dos compañeros que allí en la estación había un policía. «Su cara fue una de las dos que me aparecieron en los sueños, que les dije se me han repetido, casi de manera igual; y se me reflejaron con mayor claridad. Creo que desde el día en que murió mi mamá Mirtala».

«El que se puso hablar conmigo», agregó, «el más indígena, el que estaba en el escritorio de la puerta, cuando le conté que mi papá Manuel siempre venía al campo, le cambió la cara. Se hizo el loco cuando le dije que mi papá estaba en una foto del periódico que guardaba mi mamá. Tenía puesto un uniforme de policía y que yo me acuerde, mi mamá nunca me contó que mi papá hubiera trabajado en la policía».

Carlitos estaba lejos de saber que estuvo frente a uno de los responsables de la muerte de Manuel, su papá. Ellos eran altamente responsables de todas las desgracias que debió sufrir su familia, desde la desaparición física del jefe del hogar, el alcoholismo de la mamá Mirtala y la dependencia a la pandilla de Carlitos y sus hermanos.

Ya estaban por llegar a la cuadra. Ese sábado no tenía previsto salir por la noche.

«Adiós Borolas, hasta mañana».

«Rocael, ¿querés un tamal? Voy a comprar para llevarles a mis hermanos».

«No, no tengo hambre».

Le respondió el jefe de la pandilla, Rocael.

«A ver si encuentro pan».

15

EL TAMAL DE LOS SÁBADOS

Tocó en la panadería de don Martín.

«Ahorita ya están preparando pan para mañana», le sugirió Rocael Jr.

«Nos vemos mañana, pues».

Carlitos, en efecto, tocó la puerta de la panadería, la que estaba en la esquina de la cuadra donde ha vivido siempre.

«¿Qué pasó Carlitos? Aquí te guardé los tres pesos de pan y mirá, llevales a tus hermanos estas roscas dulces, con jalea de piña», le dijo don Martín, el dueño y principal panadero de la Buena Providencia, la panadería más famosa del lugar.

Carlitos apresuró el paso. Compró los tres tamales y caminó más rápido hacia su casa. Quería encontrar despiertos a sus hermanos y compartir la cena con Manuelito y Enrique, como lo hacía casi todos los sábados, porque entre semana le tocaba trabajar para el barrio y casi siempre retornaba a muy altas horas de la noche y muchas, en otra órbita, por la inhalación de drogas.

«¡Ojalá no se hayan dormido Manuelito y Enrique!», pensó. «Pobres, no han comido de plano. Por eso les llevo sus tamales y dos limones, porque siempre les gusta ponerles bastante ácido», afirmó en su mente.

Entró y los dos menores de la familia estaban frente al televisor. La variedad de canales que llegaban a través del servicio de televisión por cable les daba opción a mirar cualquier oferta de la franja infantil.

Y es que curiosamente Manuelito nunca peleaba con su hermano menor, por la selección de los programas. Su mente afirmaba: «Si ellos estuvieran vivos, mi mamá Mirtala y Manuel, mi papá no dejaría que peleáramos. Desde el cielo nos miran y no es justo preocuparlos».

«Apúrense. Vengan a comer. Los tamales se van a enfriar».

«Café ya hay», le respondió Manuelito.

«¡Ah, qué bueno!. Don Martín les mandó estas roscas con piña».

Colocó cada tamal en los platos que ya estaban muy despeltrados, eso sí, limpios. Carlitos abrió la pequeña bolsa de pan, donde llevaba dos tiras de pan francés.

Observó que Enrique y Manuelito estaban casi idiotizados frente al televisor. Ya no era el de pantalla blanco y negro.

Ahora ya contaban con uno de 19 pulgadas a todo color. Por eso sus hermanos se entretenían por largas horas.

Carlitos no era muy aficionado a la televisión. Cuando tenía tiempo para disfrutarlo en su casa, no había y ahora que tenía, debía trabajar por el barrio y por sus hermanos.

De vez en cuando se sentaba, sobre todo a ver los juegos de la jornada local del fútbol de primera división. Su pasión por ese deporte, el que le fortaleció su papá, era inmensa, pero ahora las prioridades eran otras, sobre todo, la de sacar adelante a sus dos pequeños hermanos y cumplir sus responsabilidades con la pandilla.

16

COBRANDO IMPUESTO

Destacaba Carlitos en sus actividades dentro del barrio. Tenía un carisma que lo hacía diferente a los demás miembros de la Clica.

«Carlitos fíjate que mi mamá está enferma y no tengo dinero para comprarle unas pastillas», le dijo Jorge una tarde.

Y también, a diario entraban a los negocios.

«Doña Nicolasa, fíjese que tenemos que juntar setecientos pesos diarios. Es la cuota que debemos reunir. Quinientos pesos son para el jefe Cayetano y doscientos para los otros *chontes*, los policías que están en la garita, por donde tenemos que pasar siempre que venimos hasta aquí».

«Ay mijo, a esos ladrones nos les den dinero».

«¡Ja!, nos ponen el dedo y nosotros no queremos parar en la cárcel por puro gusto».

«Yo, gracias a que mis papás velan por mí, nunca he sido capturado», manifestó Jorge, casi gritado, porque la bulla de la rockola no permitía escuchar bien.

«Mirá mijo y ¿cuánto querés?»

«Lo que usted quiera y pueda, algo que no la afecte, doña Nicolasa, si nosotros estamos para cuidar el barrio».

«¿Y a diario le tienen que llevar dinero a ese panzón maloliente del Cayetano?»

«Sí ,doña Nicolasa».

«Bueno, entonces yo les voy ayudar con unos treinta pesos diarios, no más de eso porque si no, me jodo yo».

Carlitos siguió su recorrido por los otros negocios del lugar.

Doña Nicolasa sentía que las tripas se le retorcían. Ella ya sabía que era eso una extorsión policial, porque a diario le tenía que enviar media docena de cervezas al jefe Cayetano, bajo la amenaza de cerrarle la cantina o ahuyentar a las dos prostitutas que atendían a los parroquianos.

En esas estaba, cuando entró don Martín.

«¿Qué pasó doña Nicolasa? Déme un cuarto de "Venado"», que era el más famoso de los licores en la cantina. Don Martín se había escapado un rato de la mesa donde, con sus callosas manos, preparaban todo tipo de pan.

«¿Cómo está mi cliente preferido? Ya lo estaba extrañando».

«Gertrudis, partí unos mangos verdes y limones para Martín», gritó doña Nicolasa a la más delgada de las dos prostitutas, que eran el atractivo para los obreros del barrio.

«Pobres los jóvenes, fíjese mi Martín», expresaba con cierta coquetería la dueña de la cantina, «El Pez que Fuma». (Siempre le gustó Martín, pero éste nunca le hizo caso).

«¿Y qué les pasa a los muchachos Nicolasa?»

«¡Pobres!, tienen que juntar quinientos pesos diarios para que el panzón del jefe Cayetano no los esté molestando y doscientos para los policías que hacen guardia.

«¡Qué hijo de su mera madre! No está contento con lo que nos saca a nosotros».

En eso regresó Carlitos. Siempre que entraba en "El Pez que Fuma", las dos señoritas del servicio muy personal, que por cierto no eran guatemaltecas, se ponían nerviosas. Los claros ojos de Carlitos, eran el atractivo que las flechaba.

«¿Qué pasó mi Carlitos?, ¿Qué está haciendo por estos lugares? No me vaya a fregar con echarse un trago, porque me lo agarro ya sabe de dónde...»

Carlitos sonrió.

«No don Martín, le vine a dejar a doña Nicolasa Q.10, de los Q.30 que me dio, porque todos nos están ayudando con veinte, y no es justo que ella tenga que dar más».

«Mirá yo también les voy a ayudar. ¿A qué hora le tienen que entregar el dinero al jefe Cayetano?», preguntó don Martín.

«A cualquier hora de la tarde, antes que se vaya a cenar», respondió Carlitos, que como cosa curiosa estaba más sonriente de lo normal.

«¿Qué te pasa Carlitos? ¿Te ponen nervioso las chicas?» le preguntó doña Nicolaza.

Además de caer bien, Carlitos era extremadamente diplomático, humano diría Jorge, su compañero que le pidió dinero para las medicinas de su madre.

«No, doña Nicolasa, lo que ocurre es que me da risa cómo me miran ellas».

«¡Ajá pícaras!» se volvió diciéndoles la patrona a sus empleadas.

«Adiós don Martín y gracias doña Nicolasa».

Salió casi corriendo del lugar, evitando topar con las mesas de madera de pino recién pintadas. Además, no le gustaba el olor que despedía la creolina.

«Tomá Jorge, alcanzan estos cien pesos para las medicinas de tu mamá».

«¡Pero ese es del dinero del jefe Cayetano, Carlitos!»

«Tranquilo, le voy a explicar que mañana se los llevo y de todos modos para él es negocio, porque le tengo que dar cincuenta pesos más cada vez que me atraso».

El dinero era suficiente para comprar el genérico. La medicina original era muy cara y con la que llevaba. Le aliviaría su mamá que padecía de presión alta. Era hipertensa.

La mamá de Jorge sentía que la cabeza le reventaba. La desesperación la tenía de mal humor. La enfermedad se agravó desde que su marido la abandonó.

No sabía exactamente de qué enfermedad padecía. En el centro de salud del barrio, sólo le indicaban que tenía que tomar las pastillas anotadas en la receta, que se la cambiaban cada quince días. Además doña Victoria, la mamá de Jorge, era analfabeta y por eso no sabía ni siquiera el nombre del medicamento recetado.

Ella creía que sus dolores de cabeza eran porque la vista le estaba fallando. Toda su vida la había dedicado a la costura, una labor que heredó Jorge; un oficio que le permitió trabajar en la maquila de los coreanos, hasta que los asiáticos salieron, con todo y máquinas, un fin de semana y no le pagaron la quincena ni sus prestaciones, misma situación que padecieron los más de cuatrocientos trabajadores, y eso que ya llevaban como dos años y medio de trabajar en turnos de diez horas diarias.

Carlitos cumplió como todas las tarde-noches, con llevar el dinero al jefe Cayetano. A los policías de la garita de la estación, les entregaban su cuota al mediodía, antes del almuerzo.

«Pasá Carlitos; ¿qué te trae por estos tranquilos lugares?» Esa era la oración que siempre repetía el jefe Cayetano. Era la señal para saber que no había intrusos que pusieran al descubierto el convenio que tenía el jefe policial con la Clica.

«¿Cómo está jefe? Fíjese que hoy no nos fue muy bien. Sólo le traje seiscientos de los setecientos pesos».

«Acordate que mañana me tenés que traer esos cien pesos y los cincuenta de la multa».

«Tranquilo jefe, que nunca le hemos quedado mal».

«Sí, ustedes sí tienen palabra, cumplen con sus responsabilidades, no como los de la ratonera. A esos sí que les tenemos que estar poniendo coca y mota seguido, para meterlos al tambo y ni así se mejoran».

A todo esto, Enrique ya asistía al primer año de secundaria. Carlitos dejaría de ser Carlitos cuando cumpliera sus dieciocho años.

Manuelito estaba por alcanzar los quince y ahora trabajaba durante la mañana en la herrería de don Felipe. Llevaba a Enrique, que más que ayudar, se entretenía ensuciándose entre las costaneras, los cables de las soldaduras eléctricas y autógena y entre los tornillos que se mantenían en un recipiente con gas kerosén, para que no se oxidaran y siempre tuvieran la apariencia de nuevos.

Los dos asistían a la jornada vespertina de la escuela del barrio, que por la situación de violencia, habían cambiado a la mañana la enseñanza de las mujeres. Los varones, entonces, tenían ahora que estudiar de la una de la tarde hasta las seis.

Manuelito y Enrique llegaban a la herrería a las siete y media de la mañana y regresaban a la casa a las once.

Siempre se tenían que bañar para quitar la grasa de su cuerpo y comer antes de caminar los novecientos metros de distancia que existía entre su casa, en la orilla del barranco, hasta la escuela pública.

Aunque no alcanzaban grandes punteos, los hermanos se destacaban dentro del grupo estudiantil, por ser muy bondadosos. Era raro que se enfrascaran en peleas, a pesar de que Carlitos sí les enseñó a pelear, pero les advirtió que sólo era para defenderse de posibles ataques.

Manuelito acababa de regresar de la escuela. Estaba en la estufa preparando la cena, cuando entró Carlitos.

«¡Hola! ¿Cómo les fue hoy?»

«Bien Carlitos».

«Enrique parece que es el más listo de nosotros. Es el tercero de su clase y dice la maestra que si sigue así podría ser abanderado el próximo año».

Enrique estaba en la creencia que habían mejorado económicamente porque su papá Manuel, continuaba enviando de Estados Unidos, desde Los Ángeles, dinero para sus gastos. Lejos estaba de sospechar que mucho del dinero que gastaban llegaba de las actividades de la pandilla.

17

DIVERSIFICANDO EL NEGOCIO

Carlitos ya era *Segunda Palabra,* porque el Borolas se fue con su mamá y seis hermanos. Invadieron, junto a unas cien familias más, terrenos municipales de la periferia sur, en los linderos de la ciudad con el municipio de Villa Nueva. Sólo de esa manera podrían aspirar a tener casa propia.

Aunque Borolas los visitaba muy de vez en cuando, sobre todo para contarles que ya estaba formando su clica, ya Carlitos era desde su partida, el responsable de las operaciones de la pandilla. Desde la planificación, la supervisión y ejecución de las acciones acordadas con Rocaelito, el jefe superior.

Ya eran casi ochenta integrantes y se estaban dedicando a otras actividades. Las operaciones en el barrio, Carlitos las coordinaba casi en su totalidad.

Ahora Rocael Jr. se estaba dedicando a llevar salvadoreños y hondureños, hasta Ciudad Hidalgo, Chiapas, ese pueblo en la frontera con México, donde los dejaba para que abordaran el tren del sur, el de carga que atravesaba casi todo la costa sur del territorio mexicano.

El jefe Cayetano se había jubilado. Fidelino ya lleva como tres meses de jefe interino y les aumentó la cuota diaria a casi Q.1,500.

Les decía que mil eran para el director de la policía, sólo cumpliéndole estaría él, Fidelino, seguro en la estación y desde luego que él los seguiría "apoyando".

Rocael Jr. casi ya no se mantenía en el barrio. Regresaba cada vez que podía y siempre aparecía con armas más sofisticadas.

En uno de esos viajes, retornó con un fusil AK-47, el famoso, el conocido como cuerno de chivo.

«Mirá Carlitos, las cosas se están poniendo jodidas. Por eso compré en la frontera estas armas, son como quince fusiles y veinte pistolas. Se las voy a dejar para que las usen, aquí, en el barrio».

Carlitos le entregó las cuentas. Hizo un balance de lo recaudado y lo entregado a los jefes de la policía. Todo estaba anotado en el cuaderno de la pandilla. La lealtad y honorabilidad dentro del barrio era el factor que los mantenía unidos.

«Pasen esas cajas para este lugar. Son de Carlitos», dijo Rocael Jr. a los seis acompañantes que siempre estaban con él. Eran del barrio y se habían convertido en el grupo que lo protegía, pero un número menor de los que cuidaban a Carlitos, porque las cosas se pusieron mucho más difíciles, aquí en la ciudad capital.

«Todos los días han estado asesinando a los *Homis*», dijo Carlitos. Lo raro es que siempre desaparecen cuando caminan solos. Nunca hemos sabido de ataques aquí en el barrio.

«¿Los *Salvatrucha* estarán respetando el pacto?»

«Ellos manejan el negocio del otro lado del barranco, en la parte del cementerio, donde están enterrados mis papás y ni siquiera me molestan cuando llego todos los domingos a dejarles flores, fíjate Rocael Jr. Tengo la impresión que son policías quienes se están llevando a los *Homis*».

«Pero qué raro, si todos los días les estoy enviando los tres mil pesos al nuevo jefe, son casi cuatrocientos dólares diarios» replicó Rocael Jr.

«Sí hombre. Ahora juntamos más, pero tenemos más problemas. Los dueños de los negocios ya no colaboran tan tranquilos como antes. Todos los negocios tienen rejas y dicen que es por nosotros».

«¿Acaso les robamos?, para nada! Si yo hablo seguido con ellos y les explico que el nuevo jefe Adán, que sustituyó al jefe Cayetano, es más rascado. Él de un solo aumentó al doble la cuota diaria».

«Mirá Carlitos, ya tenés veinte años», le decía Rocael Jr. «Ahora te corresponde tomar más decisiones. Voy a contactar al encargado de los envíos y le voy a contar que estamos llevando mojados a la frontera. De repente se interesa y quiere que le extendamos los envíos hasta después de la frontera con México, hasta Chiapas. Fíjate que he conocido unos buenos pasos por El Petén, allí hay menos vigilancia de los dos lados».

«Pero el viaje es más tardado», consultó Carlitos.

«Sí, pero es más seguro y allá todavía no son tan *chuchos*. Los policías y los de migración están más entretenidos con los chinitos; un chinito vale por unos veinte salvadoreños y por eso están más atentos a ellos y eso lo aprovechamos para pasar desapercibidos».

18

EN EL ANTIGUO BARRIO

Manuelito ya estaba finalizando el bachillerato, Enrique continuaba sus estudios secundarios.

Don Felipe, el dueño de la herrería estaba cada día más afectado por la artritis. Ese mal, como decía, le estaba deformando las manos.

Manuelito lo sustituyó. Tenía un ayudante. Guillermo que no se ponía las pilas.

«Sólo que Enrique termine la primaria y lo voy a dejar fijo aquí, que trabaje a mi lado», pensaba permanentemente Manuelito, como evitando generar problemas con el lento ayudante.

Por ahora Enrique, el hermano, ya era responsable de mantener limpio el húmedo taller.

Las paredes, construidas con adobe, estaban muy deteriora-
das. Con pintura de cal los dos hermanos trataban de
mantener presentable el negocio. La herrería era como pocos
del lugar. Siempre se mantenía limpia y ordenada. Real-
mente daba gusto llegar. Ahora tenían más trabajo y Manuelito hacía todo el esfuerzo necesario para que no se
acumulara.

Los continuos asaltos que perpetraban los miembros de la
pandilla, la misma que comandaba Carlitos, estaba provocando demasiados temores. Ya en el grupo andaban niños y
jóvenes de otros lugares. Por su acento, al hablar se percibía
que podrían ser salvadoreños o nicaragüenses. También
había originarios de Honduras.

Los asaltos se convirtieron en hechos más violentos. Los
robos en los buses y en los comercios ya eran ejecutados por
grupos de más de quince jóvenes y cuando no lograban
obtener dinero disparaban a sus víctimas sin contem-
placiones.

Las estadísticas de asesinatos en autobuses del transporte
público y en las instalaciones de pequeños negocios
crecieron alarmantemente.

El jefe Adán, quien relevó en el mando de la estación de
policía al sudoroso jefe Cayetano, puso en marcha un plan
sangriento. Atacaría a miembros de la *Pandilla 18* y sus
cuerpos serían dejados en el territorio de los *Salvatruchas*. Y
lo mismo haría con los *Salvatruchas*, cuyos cuerpos ya aparecían en los linderos del Barrio, el territorio de la *M-18*.

El cementerio, se le ocurrió al malévolo jefe policial, sería el lugar indicado. La soledad del lugar y la estructura de los panteones permitirían resguardar la identidad de los agentes asignados a la tarea de asesinar a miembros de las pandillas rivales. Además de enfrentarlos, sus asesinatos le podrían granjear simpatías entre los vecinos que ya estaban desesperados por los permanentes asaltos, los robos y los sobornos de los pandilleros.

El barrio perdió su identidad, ahora no se observaban a muchos alcohólicos, eran pocos, casi todos huyeron del lugar. Los niños ya no jugaban a la pelota en las calles. A cualquier hora se podría registrar un enfrentamiento armado entre las pandillas rivales o entre los pandilleros y policías.

Los vendedores de bebidas gaseosas, licores, golosinas, granos básicos, azúcar; en fin de todos los productos que se expendían en tiendas, abarroterías y en las cantinas, llegaban acompañados de policías privados. De todos modos, estos vendedores siempre tenían que pagar a la clica, cincuenta pesos para ingresar al barrio.

Ahora se juntaban todos en la entrada, allí en la cuchilla de la calle Martí. Preferían hacerlo en grupo, porque cuando vendían sus productos sin la compañía de otros vendedores, inclusive de la competencia, serían presa más fácil para los robos.

Aquí no había competencia entre los vendedores, sólo un pacto de apoyarse con la presencia. Era una acción desesperada para sobrevivir, porque de sus ganancias salía el dinero para el impuesto que estaba cobrando la pandilla. Se había llegado al extremo, por el aumento de los atracos, que cuando les robaban todo el efectivo, eran obligados a laborar cinco horas extras al día y después de dos meses eran despedidos de sus trabajos. No recibían sus prestaciones. Ese dinero serviría para reponer parte de lo robado por los pandilleros, argumentaban los jefes.

Manuelito estaba abriendo la herrería a la seis de la mañana, y continuaba con el trabajo después de regresar de estudiar. Casi siempre cerraban con Enrique a las nueve de la noche. También trabajaban todo el sábado y buena parte de los domingos. Don Felipe, aún enfermo, no se preocupaba por el negocio, ya que a pesar de no trabajar, siempre recibía su parte. Los hermanos Manuelito y Enrique le entregaban las cuentas cabales.

La demanda por más rejas para negocios, para puertas, para las ventanas, se duplicó.

«Don Felipe, sería bueno que construyamos otra galera. Ese cuarto que se usa de bodega ya está en muy malas condiciones y necesitamos más espacio para el taller».

«Pero Manuelito, ese trabajo te quitará mucho tiempo y tendríamos que invertir mucho dinero».

«No, fíjese, que hay suficiente costanera, tal vez sólo tengamos que comprar una docena de láminas. Aquí está el diseño», le indicó Manuelito a don Felipe, su maestro. «Mire, vamos a construir así: en esta parte, en la de arriba continuará la bodega y abajo colocamos los bancos para soldar y pintar. De plano, tenemos que poner cemento en el suelo, porque el polvo que entra de la calle se le pega mucho a la pintura, explicaba».

«Bueno Manuelito, está bien. ¿Cuándo empezás con los cambios?»

«Este domingo, ya con Enrique acordamos sacar todos los trabajos al mediodía del sábado, para que en la tarde nos dediquemos a botar la vieja bodega. Creo que la construcción la vamos a terminar hasta la noche del domingo».

«Está bien, yo me encargo de la comida, voy a pedir que nos traigan chicharrones y voy a sacar el televisor aquí al taller, para que descansemos mirando el partido de fútbol», dijo don Felipe, a la hora de la comida.

Carlitos, que tenía de pareja a una de las *Jainas,* se había convertido en la primera palabra de la clica.

19

EN LA FRONTERA

Rocael Jr. lo había llamado por teléfono para decirle que el Borolas llegó a visitarlo, pero que había muerto. Lo atacaron cuando llegaban a la estación del tren, en Ciudad Hidalgo. Era casi medianoche. Ellos estaban colocando a un grupo de sesenta centroamericanos que tratarían de llegar a los Estados Unidos.

Rocael Jr., había formado su propia Clica en Ciudad Hidalgo. En Chiapas era el pionero. Su Clica estaba integrada por unos ciento veinticinco soldados, casi todos eran de Centro América. Huyeron de sus países porque las leyes estaban siendo más duras.

En Honduras, con sólo observar que llevaran tatuajes los metían a la cárcel. La policía salvadoreña implementaba los planes "Mano Dura" y "Súper Mano Dura" que estaban dirigidos a capturar a todos los pandilleros, aunque estos no participaran en la ejecución de delitos.

Pero también en la Clica del Suchiate participaban jóvenes de Hidalgo, la última ciudad de la frontera sur de México. El *Segunda Palabra* de la pandilla fronteriza había nacido en Cacahuatán, apenas tenía diecisiete años. El *Tercera Palabra*, era Santiago, quien nació cerca del lago de Ilopango, al oriente de la capital salvadoreña, aunque creció en el barrio de Sierra Morena, en la capital de El Salvador.

Rocael Jr. se quedó a vivir en la frontera.

«De repente te venís. Estamos llevando mojados y drogas hasta Los Ángeles. Nos están dando buena *lana* y aquí no pagamos sobornos fijos, todos los días nos bajan los de la *migra* y los de la Federal Preventiva, también de la Estatal; pero los municipales son los más *chuchos*; pero no como allá, en la Zona 6, que teníamos que pagar a diario. Aquí la autoridad siempre nos atalaya. Nos están vigilando cuando llegamos a los vagones del tren. Y nos piden cien pesos por cada mojado. Yo casi siempre llevo entre quince y veinte. Es gente pobre».

«Necesito que comprés un nuevo celular. Te acordás de don Gilberto, el dueño de la farmacia, que es famosa en el centro de Guatemala».

«Ah, sí, ese ruco enojón», le respondió Carlitos.

«Necesita que cada semana traigamos de la farmacia que tiene en la parroquia unas cinco mil pastas. Son unas pastillas que él fabrica, no tenemos que vendérselas a nadie».

«Mira Rocael, y ¿cómo nos las llevamos?»

«Don Gilberto te va a llevar un *charnel,* es una camioneta que en la parte de atrás le arreglaron para esconder las pastillas. Esas pastas no pueden pasar mucho tiempo escondidas. Se arruinan. Por eso te venís de un solo tirón. Don Gilberto te va a entregar la camioneta, a las cuatro de la mañana. Las pastas ya estarán escondidas. Los viajes se harán todos los sábados y te vas a ganar cinco mil pesos, por cada uno. Y de regreso te llevás productos. Aquí son más baratos los huevos, toda la comida, entonces, se las vendés bien baratas a las tiendas del barrio, para que la gente se calme un poco».

«Desde hace varias semanas que nos estamos enfrentando con los majes de la *Salvatrucha.* Ellos nos acusan que les estamos matando a sus *Homis* y tienen más armas que nosotros».

«Bueno, entonces te llamo en la noche para el número del nuevo celular. Don Gilberto lo quiere, porque dice que tiene que ser un *Homi* de mucha confianza quien transporte las pastillas. Aunque él, don Gilberto, dice que son para el dolor de cabeza, *nel.* Su contacto en Tapachula nos contó que eran anfetaminas y por eso le estamos cobrando cinco mil pesos por cada viaje. Nos quería pagar, ese viejo garra, sólo mil pesos. Si todo sale bien, los viajes se aumentarán a dos veces por semana».

Manuelito despertó a Enrique a las seis de la mañana, como cosa rara, Carlitos no estaba, a lo lejos escuchó que salió del cuarto cuando aún estaba oscuro.

Carlitos platicaba con uno de sus **Homis**,
Antonio. Era el encargado de su seguridad,
ya era mayor de edad, pero aparentaba
como quince años.

«Tono, ya me agarró el sueño. Vamos a parar, para tomar café».

«Mejor no Carlitos, tenemos que estar a las siete de la mañana en el río, ya sólo faltan setenta kilómetros».

«Aquí traje estos jugos, están tibios. Te voy a encender un cigarro pero no de mota, porque nos cae la *jura* y nos vamos feos. Mejor un cigarro normal. Entonces, ¿tiro la marihuana?»

«No hombre. Sólo escondela bien, porque viste que pasamos como cuatro retenes de la policía y no nos detuvieron».

«Sí, es cierto, pasamos como si nada. Los polis también están en la jugada, entonces no nos van a chingar».

«Carlitos, ¿después de entregar las pastillas qué vamos a hacer? No sé que nos tiene preparado el carnal Rocael».

«Me dijo que vamos a llevar al barrio productos que consiguió para que los vendamos más baratos en las tiendas, en las abarroterías y en los puestos del mercado de San Martín, así se calma un poco la gente».

«La gente tiene razón Antonio. Ahora todo se complicó por esa guerra que tenemos con los *Salvatruchas*. Y esos jefes de la estación que quieren cada día más lana».

«Qué feo se puso el barrio», pensaba Carlitos, sin quitar la vista de la carretera.

«Antonio, nuestro barrio nunca va a desaparecer. Cada vez se nos están acercando más patojos (adolescentes), y además siempre que el gobierno nos quiere topar nos hace más fuertes. Cierto que matan a muchos de los *Homis*, pero nosotros vamos a crecer mucho», explicaba Carlitos a su acompañante.

«Pero si el gobierno está metido con nosotros, además de la lana que nos piden, también les hacemos trabajos para limpiar las zonas, entonces, ¿quién los entiende? Nos quitan el dinero y nos matan», respondió Antonio.

Los rótulos anunciaban los desvíos. Hacia la derecha, el rumbo era para El Carmen frontera. El que ellos seguían los llevaría a Tecún Umán, ya estaban a cinco kilómetros.

«Rocael nos estará esperando en la gasolinera de la entrada. Allí le echamos gasolina a esta camioneta, porque ya casi se termina. Ese don Gilberto es bien garra, sólo le puso lo suficiente para llegar hasta aquí, Carlitos», dijo Antonio.

Era un sentimiento de cansancio y de alegría. Ya había transcurrido mucho tiempo durante el cual Carlitos no miraba a su *carnal*, a Rocael, que era como su hermano mayor; miraba a Rocael con cierto cariño, como de hijo a padre.

Rocael Jr., apareció en el momento en que más lo necesitaban. Carlitos se sentía muy sólo cuando murió Mirtala, su mamá, enferma de alcoholismo. Falleció por la cirrosis y no por desnutrición como lo dijeron en la morgue, recuerda

Carlitos. Ni siquiera la revisaron, si sólo firmaron los papeles que les llevamos, con un señor de la funeraria de la parroquia.

20

LA REVELACIÓN

En unas cajas de cartón, Manuelito y Enrique, ayudados por Guillermo, colocaban los pedazos de hierro que usaban en la fabricación de las verjas y balcones, así como de puertas.

Las estaban ubicando, las cajas, de manera ordenada, aprovechaban para limpiar la materia prima, es decir el hierro. Igual lo harían con todas las herramientas.

«Mirá, Guillermo, en esta parte vamos a dejar el cuarto de herramientas. Siempre que las usemos, las tenemos que lavar, para guardarlas limpias. Si no, se oxidan».

«Apareció don Felipe con una jarrilla de café, en unos vasos plásticos les sirvió, una parte del aromático líquido»».

«Jóvenes, vengan, aquí está el desayuno. Paren un rato. Vamos a comer juntos, ya son las nueve de la mañana».

También llevaba un canasto de panes con fríjol, y media docena de roscas con jalea de piña. Era el producto más famoso de la panadería de don Martín.

«Manuelito hace rato que no he visto a Carlitos», le dijo don Felipe a su máximo trabajador.

«No, es que ha tenido mucho trabajo», le respondió.

«Dejate de babosadas Manuelito. Desde hace mucho que el Carlitos está metido en la pandilla y no trabaja. Aquí, todo el mundo habla de él. Dicen que es el jefe de la pandilla. No lo odian, porque siempre evita hacer daño a las personas, pero ahora los asaltos se incrementaron. Todos los vecinos están muy molestos, ya no aguantan la situación, asaltan a parejas, roban, cobran el impuesto. Sí, aquí nadie se salva. Es por eso que nosotros tenemos suficiente trabajo. ¡Ah!, ese Carlitos como ha sufrido, desde que mataron a Manuel, el papá de ustedes, por esos policías que lo querían meter a cosas malas. Ni respetaron que el pobre de Manuel estaba enfermo de la polio».

«Pero mirá cómo castiga Dios», agregó. «Ésos dos ni se han podido jubilar, todos viejos. Le van a seguir los pasos al fefe Cayetano. Ese señor se murió sólo. Su mujer lo abandonó. Hijos nunca tuvo, tal vez por eso era mala gente».

Manuelito quedó sorprendido. Esa era la explicación del por qué su papá, Manuel, apareció en una foto del periódico: muerto y vestido con un uniforme de policía.

Ahora sabía todo. Ya no le sintió sabor al café, menos al pan. Gracias a Dios que Enrique no escuchó lo que dijo don

Felipe. Todavía le ocultaban las razones, la verdad sobre la muerte de sus papás y menos habría de saber que los tres sólo eran hermanos de madre. Éste era uno de los secretos más preciados de Carlitos.

21

DE NUEVO EN LA FRONTERA

«¿Qué pasó mi Rocael? Cómo está de rechoncho. Mirá Antonio, éste es mi verdadero *carnal*. Con él hemos crecido juntos, es el fundador de la pandilla, del barrio».

La emoción de Carlitos, al encontrarse con Rocael sólo se podía comparar a la alegría que vivió aquellos domingos, cuando su papá Manuel lo llevaba al campo de fútbol, el que estaba en la academia de la policía.

Aunque aún era muy temprano, la mañana ya se presentaba muy calurosa. Ése era el clima de la frontera: caliente y húmedo.

«Carlitos tomá esta gaseosa. Sólo vamos a entregar la camioneta para que la descarguen y ya en la tarde van de regreso, a *Guate*, con los productos que te conté por teléfono».

Para Carlitos y Antonio era el primer viaje fuera de la capital de Guatemala. A lo sumo habían viajado a unos veinte kilómetros de distancia de su barrio. La pandilla sólo operaba en su territorio y como ni conocía a su demás familia, entonces no visitaba a nadie.

Su abuela, quién sabe si aún estaba viva. Tenía vagos recuerdos de ella, de la mamá de Mirtala, su mamá, a quien quiso con todo su corazón, a pesar del sufrimiento que les provocaron sus borracheras.

Carlitos asimiló esos golpes porque siempre pensó que el sufrimiento de Mirtala era más grande y más doloroso que el de ellos. El abandono y el hambre que padeció junto a sus hermanos, no superaban la desesperanza que les provocaba la partida de Mirtala.

«Oiga *carnal* ¿y por dónde vamos?»

«Tranquilo mi Carlitos, aquí vamos a esperar un rato, si quiere se duerme un poco».

«Jamás Rocaelito, tanto tiempo sin verlo. Tenemos que platicar de muchas cosas. Bueno, no hay suficiente tiempo. Sólo espero que me avisen que ya podemos pasar por el puente hacia ciudad Hidalgo. Ya todo está arreglado con los de la aduana, con migración y desde luego con la policía; sí, de los dos lados».

«Mire mi Carlitos, ni papeles le van a pedir, si quiere nos vamos hasta el norte», le dijo sonriendo Rocael.

«No, dejé a Manuelito y a Enrique solos. Ni saben que estoy en la frontera. Cuando salí todavía estaban dormidos».

Manuelito continuaba desocupando, junto a
    Enrique y al ayudante Guillermo, la desca-
    labrada bodega de la herrería de don
    Felipe, quien recogió los vasos plásticos,
    porque sólo los lavaba. Luego se ponían en
    uso y la jarrilla donde llevó café. Regresó a
    su casa, la que quedaba a la vecindad del
    taller, de la herrería.
Manuelito pensaba si le contaría a su
    hermano Carlitos, lo que don Felipe le
    había revelado hacía un rato.
Carlitos no era violento, de eso estaba seguro.
    No le preocupaba su reacción. No sería la
    de buscar venganza. Le preocupaba que le
    fuera afectar la salud, que le había
    quedado mal desde que recibió dos
    impactos de bala, durante un enfrenta-
    miento con los de la otra pandilla.
Carlitos nunca fue al doctor, y en las noches
    siempre le duelen los huesos de su brazo
    izquierdo. Dice que el dolor le llega hasta
    el pecho.

El calor seguía siendo intenso en la frontera. No pasaron ni treinta minutos y ya estaban llegando más personas. Eran los autobuses donde se transportaban cientos de ilegales, casi todos centroamericanos, sí, se miraba más de algún chinito.

-Rocael y ese gringo ¿qué mira?.

«A ese chele, ese canche, el güero como le dicen en México, le tenemos puesto el ojo mi carnal Carlitos. Siempre anda buscando niños y niñas, muy pequeñas.

Lo echaron de Ciudad Hidalgo. Allá vivía el condenado. Qué bueno que me dijiste Carlitos porque quiero averiguar cómo es que los polis no le hacen nada, sí aquí, en la frontera todos saben que abusa de esos niños».

Antonio se cambió de playera, en su pecho el 18 lo identificaba como miembro de la pandilla. Justo en el corazón tenía tatuado la imagen de una virgen, se parecía mucho a la de Guadalupe.

Carlitos también se cambió, dejó al descubierto su pecho. Igualmente estaba marcado por los tatuajes. Tenía muchas lágrimas dibujadas, cerca del corazón, donde había marcado los nombres de Mirtala y Manuel.

Las lágrimas, eran continuidad de las tres que se habían dibujado bajo el ojo izquierdo, desde el párpado inferior. Simbolizaban las tres primeras muertes que llevaba en su conciencia, las tres primeras que cometió en nombre de la pandilla, la M-18.

Igual que los tres puntos que representaban la simbología de cárcel, hospital y cementerio. Los tres pretendían mostrar el significado de la vida loca, la que se vivía en el barrio, en la pandilla, aún en medio de lo discreto que había sido toda su vida.

Los tres portaban las tres lágrimas en el rostro, y los tres puntos en la mano derecha. Estaban dibujados en la parte externa de la mano, entre el dedo pulgar e índice. Forman un triángulo.

Signos que no permitía que sus dos hermanos pequeños fueran a colocar en su cuerpo, no para Manuelito ni para Enrique. Carlitos quería otro tipo de vida, la que estaba ligada al estudio y al trabajo, suficiente resultaba que él fuera parte de la pandilla del barrio.

Manuel continuaba descombrando la bodega, ya estaba vacía, ahora necesitaban el espacio para construir la galera, donde ubicarían los bancos de trabajo, el área para pintar, construir una nueva bodega y la sala de herramientas.

Era un diseño que el mismo Manuelito había preparado. La galera tendría como cinco metros de alto, contaría en la parte del fondo, del total de diez metros de largo, con un espacio intermedio, como *mezanine*, allí, quedaría la bodega y la sala de herramientas.

Pensaba que sería más cansado estar subiendo las doce gradas para traer materiales y herramientas, pero allí estarían más seguras, por aquello de los asaltos.

Su cabeza continuaba sumergida en la revelación de don Felipe. No entendía cómo su

patrón no se lo había contado antes, si ya
llevaba trabajando con él ocho años. No
encontraba explicación del por qué no le
había comentado antes esa noticia, que se
relacionaba a la muerte de su papá
Manuel.

«¿Cómo se lo contaré a Carlitos?», esa era su
mayor preocupación.

Esperaban bajo un árbol, era la única sombra. En la gasolinera no se podía fumar y además requerían de privacidad. El
celular sonó escandalosamente. Rocael no lograba sacarlo de
la bolsa, de su short, la panza, que le creció desmedidamente
le imposibilitaba levantarse con rapidez.

Era Juan el mexicano, le decían chilango. Ellos no sabían por
qué. Desconocían que de esa manera se les llaman a los
nacidos en el D.F. (ahora Ciudad México) con padres prove-
nientes de la provincia mexicana.

Se juntarían en la entrada a Tapachula, en el puente. Aún
tendrían que recorrer al menos cuarenta kilómetros, quizá
casi los cincuenta. Antonio se subió en la parte de atrás de la
camioneta.

Rocael se puso al frente del volante.

«Mire mi carnal, en el puente todos me conocen. Mejor
manejo yo. Poco a poco se van a familiarizar con usted, mi
Carlitos».

El motor afinado de la camioneta se puso a andar, con combustible suficiente para ir al otro lado, mínimo unas dos veces.

Los tres se internaron al centro de la ciudad de Tecún Umán. Alcanzaron el puesto aduanal y migratorio, del lado guatemalteco. Se requeriría que viajaran unos setecientos metros, lo que hacen alrededor de siete cuadras.

Continuarían en línea recta y luego cruzarían una a la derecha. Allí se toparían con la puerta que evita el acceso directo al puente fronterizo, donde están ubicadas las oficinas de aduanas y migración.

Las bicitaxis dificultaban el paso.

El encargado de mantener cerrada la puerta que da a la calle del puente. Saludó a Rocael. Continuaron su paso sin inmutarse. Igual los saludaron agentes migratorios, los de aduana y de las policías, de los dos puestos fronterizos, de Guatemala y México.

Sólo requirieron unos diez minutos, a lo sumo, para pasar de ciudad en ciudad, de Tecún Umán, perteneciente al departamento guatemalteco de San Marcos, hasta Ciudad Hidalgo en Chiapas.

«Mire mi Carlitos, aquí le entramos a los tacos, son rebuenos».

«Maestro, prepare una docena para llevar, todos de asada».

«Órale Antonio, bájate, hay que ir a traer unos refrescos, bien fríos».

Carlitos observaba detenido a Rocael y le sorprendía el nuevo acento que utilizaba al hablar.

«Usted habla puro mexicano mi carnal».

«Aquí somos mexicanos, allá guatemaltecos y en norte gringos, mi Carlitos, ya le voy a dar sus papeles mexicanos, por si las moscas».

Carlitos nunca había comido tacos mexicanos. Con cautela se comió dos, Antonio igual le entró a otros dos y Rocael, se comió cinco.

«Estos tres se los llevo al chilango, a Juan. Tal vez no ha comido».

Manuelito, aquí están los chicharrones,
    gritaba el patrón Felipe. Ya dejen un poco
    el trabajo. Ya son las dos de la tarde.
Se sentaron en el mismo lugar que ocuparon
    para desayunar. Tenían tierra hasta en los
    oídos. Manuelito con la ayuda de su
    hermano Enrique y de Guillermo, ya había
    terminado de cavar todos los agujeros
    donde colocarían los parales de la galera.
Aunque durante el intenso esfuerzo físico que
    realizó, se le olvidó el relato del patrón
    Felipe, al sentarse de nuevo todo regresó a
    su mente.
Trataba de mantener la calma, pretendía
    evitar que Enrique conociera los aspectos
    de la muerte de su papá Manuel, porque

según Enrique, Manuel también era su
padre.

Las tortillas estaban calientes. Refresco de
Rosa de Jamaica, muy helado, los acompañaba; don Felipe prefería el café.

«Ya a mis años y con tantos achaques me tengo
que cuidar más. Ustedes jóvenes, pues
comen de todo, así era yo cuando tenía la
edad de ustedes chamacos».

«¿Pero almorzar con café provoca más calor?»
preguntó Guillermo.

«¿Como a qué hora terminaremos?», continuó
expresando Guillermo.

Hoy es suficiente que dejemos todo el esqueleto de la galera, explicó Manuelito. Ya
mañana domingo tendremos tiempo para
poner las láminas y cerrar la bodega y el
cuarto de herramientas.

«Mire mi Rocael qué lugar más bonito. Hay mucho calor,
pero qué bonito».

«¡Nunca había salido tan lejos y en mi primer viaje llego
hasta México!»

«Véngase para acá mi carnal, aquí estamos mejor. Mire,
¡pasamos mojados, llevamos drogas, llevamos productos de
contrabando! y como le dije, no nos han puesto cuotas fijas
los policías y ni los de la migra».

«Esos *vatos* sólo nos sangran cuando nos encuentran con un grupo de mojados, porque cuando estamos solos nunca se nos acercan. A mí ya me conocen y los que no saben quién soy, les enseño mis papeles mexicanos. Son *chafas* (falsos), los conseguí allá en Tecún Umán».

Antonio trataba de controlar su cachucha, evitando que se la llevara el viento. Él, Antonio también estaba asombrado. Al igual que Carlitos nunca habían viajado tan lejos.

Rocael conocía la ruta como la palma de su mano. Estaban próximos a llegar al punto acordado con Juan, el chilango ya estaba a la orilla de la carretera, en la parte noreste del puente, el que se construyó en la entrada de Tapachula, viajando desde la frontera.

Juan fumaba un cigarro. No se inmutó cuando pasó una radio-patrulla de la policía municipal; al final ellos, los policías, estaban más preocupados en sacar dinero a los centroamericanos que lograron burlar la vigilancia, a su paso por la frontera.

El reloj marcaba las dos de la tarde con cuarenta y siete minutos. Ya divisaban a Juan. El chilango estaba sentado en la parte posterior de su *combi*. Ese microbús lo usa para trabajar, lleva pasajeros desde Tapachula a Puerto Madero.

Esa ruta también es importante en las nuevas actividades que desarrollan ahora, en la parte sur del territorio chiapaneco.

Juan tenía suficientes referencias de Carlitos. Le sorprendió un poco su timidez.

«¿Se regresan hoy o hasta mañana?» les preguntó Juan.

«Depende a qué hora terminemos», respondió Rocael.

«Tranquilos, esto va a ser rápido».

Con suficiente habilidad, Juan tomó el volante de la camioneta que llevó hasta la frontera a Carlitos, mientras Rocael llamó a Antonio y se fueron en la *Combi*. Pocos minutos después pasaban frente al parque central de Tapachula.

De nuevo los rostros de Carlitos y Antonio cambiaban. Estaban asombrados y se preguntaron: «¿Cómo era que los árboles sembrados en ese lugar, eran cuadrados en la parte superior de sus hojas?».

Juan llevó la camioneta hasta un costado del mercado, muy cerca del parque, tan sólo a una cuadra. Se detuvo. Abrió el garaje y entró la camioneta.

Manuelito estaba ya terminando de colocar la
última parte de la armazón, casi serían las
cinco de la tarde. Estaban finalizando
antes de lo previsto. Pero no estaba tranquilo. La revelación del patrón Felipe lo
mantenía muy nervioso.
Sólo les faltaba colocar alrededor de seis
tornillos que fijaban la costanera por
donde estaría la caída de agua. Mientras
tanto, Enrique y Guillermo empezaron a
ordenar la herramienta; también

limpiaron el área donde trabajaron desde la buena mañana de ese sábado.

Manuelito había pensado pasar a comprar los tamales y el pan al negocio de don Martín y esperar que Carlitos llegara a tiempo a cenar. Ya hacía mucho que no compartía con ellos. Estaba muy dedicado a la pandilla.

Como por arte de magia, Juan desarmó los laterales traseros internos de la camioneta. Ese era el lugar destinado como el área reservada. Era el escondite para transportar las anfetaminas guatemaltecas.

Se sorprendió de la cantidad que sacaban de los lugares secretos de la camioneta.

«Mire mi carnal», se refería a Rocael. Sí que trajimos un buen cargamento. Ésas pastas le dejarán mucho dinero».

«Cállese mi carnal, nosotros no nos metemos en ese negocio».

«Aquí le tengo listas las armas que le ofrecí. Estas cuatro AK-47 y como diez pistolas, Juan nos las consiguió», les dijo Rocael. «Le conté a Juan que la situación en el barrio se estaba complicando. Que los *Salvatrucha* están apareciendo con muchas armas».

«De plano que se tienen que ir hoy, porque la mara de la policía sólo nos aguanta hasta media noche. Píquenle, tómense un refresco de éstos, es agua de coco preparada con canela y azúcar», les explicó Juan, el contacto mexicano.

Se empezaron a preparar para la salida.

Cuidadosamente, Carlitos y Antonio cubrieron las armas que les habían proporcionado y las colocaron en los apartados de la camioneta, donde estuvo escondido el embarque de anfetaminas.

La munición la recibirían en la capital guatemalteca, sólo les entregaron una tolva para cada fusil, por cualquier emergencia.

Enrique se metió a bañar, quería descansar. Manuelito trataba de detener todos los pensamientos que le provocaron las revelaciones del patrón Felipe. Fue por eso tal vez que trabajó fuertemente ese sábado. Esperaba frente al televisor, su mirada estaba fija hacia la pantalla, pero su mente pretendía aclarar una serie de imágenes, muy borrosas, que aún permanecían en su memoria.

Empezaba a oscurecer.

«Mire mi carnal, usted nos llevará hasta la frontera», preguntó Carlitos a Rocael.

«Tranquilo **brother**, Juan tiene todo preparado».

En la pandilla, la organización de los eventos de manera seria es el único mecanismo para evitar el fracaso. No conoció más que el centro de Tapachula, las calles cercanas al parque de esta calurosa ciudad.

Juan los guiaba en su combi, atrás los dos. Carlitos y Antonio lo seguían en la camioneta. A pesar de no querer mostrar tensión, ambos estaban nerviosos, mucho más que en la mañana. Se lo atribuían al cansancio.

En el puente, el de la salida de Tapachula estaba Rufino. Rufino sería el encargado de llevarlos hasta Tecún Umán. Rufino viajaba en una moto verde. No se le distinguía la marca. Lo seguían como a unos quince metros de distancia.

Paró en el "Manguito", sólo para preguntar si tenían intenciones de comprar algún producto en Ciudad Hidalgo.

Carlitos preguntó por los alimentos que llevaría hasta ciudad de Guatemala, como se lo había comunicado Rocael. «Eso es distinto. El producto lo recibirán en la misma gasolinera donde se juntaron con el "Chapín"», ese era el sobrenombre de Rocaelito.

«Cuando lleguemos a la frontera, yo seguiré al frente de ustedes. No se detengan por nada, si los paran, yo hablo con la autoridad. De todos modos no llevan mayor cosa, la parte de atrás está vacía. Sólo diremos que pasamos a Hidalgo, la última ciudad de la frontera sur de México, que visitamos a unos familiares».

Les recalcó que si preguntaban por ellos tenían que indicar que residían en la Aldea El Triunfo, de Tecún Umán.

El puesto fronterizo mexicano y el puente llamado Dr. Rodolfo Robles, estaba iluminado a medias. Era imposible distinguir la cara de las personas estando a unos cinco metros. No comprendían si la oscuridad era parte del trabajo de los empleados estatales, de los dos países, de ambos lados de la frontera.

Atravesaron el primer tramo sin contratiempos. Cuando llegaron a la aduana, del lado de Guatemala, los detuvieron.

«Paguen en esa ventanilla treinta y cinco quetzales (Q.35). Es el costo de la fumigación».

Antonio se bajó de la camioneta. Carlitos le entregó un billete de cincuenta quetzales (Q.50). No estuvieron mucho tiempo, a lo sumo unos cinco minutos.

Esta parte de la frontera era más oscura.

Se contaban los focos. Uno alumbra la oficina de OIRSA, donde fumigaron la camioneta. Otro, alumbraba la parte exterior de la oficina de Migración y unos setenta y cinco metros más al fondo, una bombilla trataba de ofrecer luz artificial a la aduana, donde estaba la pluma, la que marcaba el ingreso a territorio guatemalteco.

Preguntaron la hora. Faltan cinco minutos para las ocho de la noche, dijo con voz ronca el policía que estaba al cuidado del área donde se ubica la pluma. Atravesaron Tecún Umán, una ciudad que casi a diario se transformaba por la noche. Era un lugar donde se podía comprar todo tipo de documentos en el parque, que de día y de noche siempre se mantiene sucio. Una venta de pollo provoca que quienes lo consumen, dejen por todos lados huesos, cajas de cartón, servilletas, pequeños sobres donde antes había salsa de tomate y muchas latas de gaseosas.

Una ciudad que tiene dos caras. De día se observa a todo tipo de personas tratando de cerrar negocios, para pasar al otro lado. Comprar una credencial de elector, del IFE de México, se consigue con facilidad. Las falsas cuestan entre trescientos a quinientos quetzales (Q.300 y Q.500).

Las idénticas, las que se realizan con la máquina que fue robada en la delegación del IFE en Comalapa, Chiapas, alcanzan un precio de hasta cinco mil pesos mexicanos (MX$5,000).

Durante el día, grupos de jóvenes (centroamericanos la mayor parte) caminan en los alrededores del parque, aquí descansan a ratos. Tratan de matar el tiempo para que la espera no sea tediosa. Están ansiosos por viajar hacia Estados Unidos, internándose por territorio mexicano. Por la noche, muchos de estos mismos jóvenes son los clientes de las sexoservidoras, que durante el día duermen. Aquí en Tecún Umán hay tantos prostíbulos como *polleros* o *coyotes*. Las luces de rótulos anuncian que los bares y cantinas están abiertos. Son negocios que casi nunca cumplen con las normas legales, menos las de higiene.

Llegaron a la cuchilla de Tecún Umán, la de la salida. Para la derecha, la carretera lleva hasta la frontera con El Salvador, por toda la costa sur, la carretera cercana al mar Pacífico. La otra, que dejó de ser hace poco de terracería, conduce hacia la Aldea el Triunfo, una pequeña población que todos los inviernos se inunda.

«En la gasolinera compramos combustible», dijo Carlitos.

No tenían intención de parar con Antonio, pero debieron abastecerse. Les despacharon nueve galones y como tres décimas. Con eso llenaron de nuevo el tanque de la camioneta. Durante ese lapso, amigos de Juan, el mismo Antonio y Carlitos, subieron los productos que luego venderían en las tiendas, abarroterías y en los puestos del mercado San Martín. Todo se realiza en menos de quince minutos. A las ocho de la noche con treinta minutos tomaron la carretera hacia la ciudad de Guatemala.

La marca vial registra el kilómetro doscientos cincuenta y tres.

«Si no tenemos contratiempos, sin correr, a una velocidad superior a los noventa kilómetros por hora, creo que estaremos llegando poco después de la media noche».

Durante el trayecto, el silencio se rompió cuando Antonio le dice a Carlitos que está contento con ser parte del barrio, de la M-18. Comenta que tenía alrededor de 10 años y aún no había logrado ganar el tercer grado de la escuela primaria, cuando en las cercanías del cementerio de la zona 5, lo invitaron a integrarse al barrio.

«Mire mi Carlitos, las cosas cada día se ponen más difíciles. Esos policías nos han provocado la guerra entre los 18 y los Salvatruchas. Siempre nos habíamos respetado los territorios, pero esos polis —a saber por qué— quieren que estemos en guerra siempre».

«Antonio, los gobiernos nos quieren acabar, desde que estoy en el barrio han buscado todas las maneras de desaparecernos. El problema no solamente es en Guatemala. Vio en Honduras como incendiaron la cárcel hace unos meses, y dicen que fue un corto circuito, lo raro es que la parte incendiada era donde estaba más de 200 *Homis* y casi todos eran jefes de clicas. En El Salvador pasa lo mismo. Sabe una cosa Antonio, aunque nos maten, el barrio siempre va a existir, porque siempre tenemos más niños y jóvenes que nos quieren seguir y entrar al barrio. Es como que nos reconstruimos cada vez que nos atacan y matan a los *Homis*».

«Carlitos, pero en el barrio también están pasando cosas raras. Ahora en la radio dicen que hacemos ritos satánicos. Eso está provocando que la gente nos odie más».

«Sí Antonio. ¿Se acuerda de Batu? Ese *Homi* se volvió loco, cuando había ataques era el último en asustarse, cuando empezaban las balas se transformaba».

22

Y EN CASA...

Manuelito se levanta de la silla. Se sirve otra taza de café. Sus pensamientos aún giran alrededor de la revelación de su patrón Felipe. Se pone como meta buscar las explicaciones que permitan aclarar la muerte de Manuel, su papá con el uniforme de policía y de quienes participaron en su muerte, los viejos agentes Tomás y Fidelino.

También quería ordenar en su cabeza cómo se lo contaría a Carlitos. «Si se enoja mucho y quiere venganza, eso no está bien». Fueron frases y oraciones que deambulaban en la mente de Manuelito. «Sé que Carlitos no busca venganza, pero este caso es diferente, es sobre la muerte de nuestro padre».

Estaba finalizando un programa de la televisión, que normalmente miran con Enrique, todos los sábados. A pesar de ser un programa viejo, siempre les saca las risas.

«Enrique, tenemos que descansar. Mañana quiero estar trabajando en la galera de la herrería a las seis. A media mañana, ya estamos terminando de colocar las láminas del techo. Lo que resta será más rápido».

«Hoy sí que para nada vimos a Carlitos. ¿Qué pasaría con él, Manuelito?» le preguntó al hermano, el más pequeño.

«No vino a cenar con nosotros. Mejor guardo el tamal en esta bolsa. Hace poco le apagué el fuego y puede ser que Carlitos venga más tarde y quizá todavía lo encuentre medio calientito».

«Si nos acostamos, en este momento, son como las diez, podemos despertar a la cinco de la mañana, Enrique».

«Bueno me voy a preparar. Está haciendo un poco de calor. Hasta podría llover», respondió Manuelito.

«Ojalá que no, Enrique. Si llueve, nos puede complicar el trabajo, con tanta tierra nos encontraremos con lodazales».

23

DE REGRESO A GUATE

«**Y**a estamos cerca Antonio: Creo que en una hora estaremos en la capital».

«Gracias a Dios no hemos tenido ningún problema. Esta camioneta está muy buena. No nos falló, Qué buen motor tiene».

«Carlitos y ¿Dónde la vas a guardar? En tu casa no hay lugar».

«No importa, la dejamos en la calle o de repente en la herrería de don Felipe».

«Ahora, ¿cómo te vas a comunicar con don Gilberto?»

«Rocael me dijo que él nos llamaría. Éste es el viaje de prueba. Quiere que hagamos unos dos a la semana, como mínimo».

«Pues Carlitos, nos entrarían unos diez mil varos cada semana. Buen dinero».

«Que ni lo sepan los jefes de la policía, porque esos chontes ya nos van a cobrar otro impuesto, como el de los negocios y el de los buses».

Ya se observaban las luces de Escuintla. Esta ciudad se ubica hacia el sur, a cincuenta y seis kilómetros de la capital de Guatemala.

«Antonio, sacá de esa bolsa el dinero para pagar el peaje».

«Vaya que no nos perdimos Carlitos. Es nuestro primer viaje sin conocer».

«Y sí que he manejado suficiente en el barrio, porque sí es peligroso conducir en carretera».

«Lo hizo bien Carlitos, para ser la primera vez. Ya casi llegamos, sanos y salvos. Bueno más salvos que sanos, verdá Carlitos».

«Sí, es cierto. Cómo me sirvió lo que he practicado con los buses que se estacionan en el barrio. Esos pilotos son buena onda».

«Carlitos, ¿Qué vamos a hacer con las armas?»

«Bueno, nos servirán para defendernos de la policía y de los *Salvatruchas*».

«Ésos como que están de acuerdo. Parece que se unieron contra nuestra pandilla; pero el Barrio 18 es mejor».

«Sólo en las últimas dos semanas nos han matado como a once de nuestros *Homis*. Lo raro es que siempre los atacan cuando están solos».

«Yo ya les dije Antonio: Tenemos que salir en grupos como mínimo de tres. Evitemos ir a otros territorios. Si en el nuestro estamos seguros y tenemos suficientes problemas. Ya todo mundo me protesta por el impuesto. Se los estamos aumentado muy seguido. Pero hay que contarle a la *pipol* que ese no es *camote* nuestro. Esa onda es de los jefes de la policía, que cada día quieren más dinero los rateros».

Enrique dormía profundamente. Manuelito ya había consumido su octava taza de café. No sentía el aroma, menos el sabor. Su preocupación no lo dejaba dormir.
«Siempre Carlitos me dijo que todo lo que teníamos lo enviaba papá Manuel, desde Los Ángeles, allá en California, donde trabajaba lavando platos en el día y por la noche en la guardianía de un parqueo, localizado cerca del Coliseo Deportivo. O será que Carlitos sí conoce la verdad. Pero, si no la conoce, ¿entonces cómo va a reaccionar? Bueno voy a tratar de dormir. Ya casi es medianoche y mañana domingo quiero terminar el trabajo de la galera».
Manuelito se puso un pantalón corto, levantó las sábanas y se acostó. Trataba de conciliar el sueño. Casi nunca había padecido

de insomnio. Se movía de un lugar a otro.
Manuelito se quitaba la almohada y se la
colocaba entre las piernas.

Por ratos se le venían muchos temores. Tenía
miedo de que le pasara algo a Enrique,
pero sobre todo a Carlitos. De un tiempo
para esta parte, escuchaba y leía de vez en
cuando los matutinos. Bueno, uno; el que
compraba todos los días el patrón Felipe,
que ya sólo llegaba a la herrería a sentarse.
La artritis le deformó la mano derecha y la
izquierda llevaba el mismo camino y eso le
imposibilitaba, siquiera, de cobrar los
trabajos que a diario realizaban.

Se mantenía deprimido. Siempre visitaba el
bar "El Pez que Fuma", lo hizo siempre a la
hora del almuerzo. Pero desde hacía varios
meses, las visitas se dividían en tres
jornadas al día. Pobre el patrón, se está
emborrachando muy seguido.

En ese periódico se destacaba la muerte de
seis pandilleros al día. Estaban apareciendo muertos por todos lados y el barrio
no era la excepción.

Muy cerca de su casa, donde vivía con sus dos hermanos y
con ocho miembros de la pandilla, estaban apareciendo
muertos. Se aprovechaban de lo oscuro y sólo de la noche.
Aquí a la orilla de este barranco que se iluminaba por ratos

cuando los autos medio alumbraban al pasar sobre el Puente Belice.

Sus hermanitos nunca habían platicado con su hermano mayor de los riesgos que implicaba ser parte de la pandilla.

«Hablábamos de todo» solía evocar Manuelito - de nuestro pasado; de la necesidad de ser fuertes para el estudio y el trabajo. «Ser honrados, esa sería la mejor herencia que querían para nosotros nuestros padres, que», decía Carlitos, «estaban muy pendientes nos observan y cuidaban desde el cielo».

«Mirtala, mi mamá y Manuel, nuestro papá, se
reflejaban en las estrellas que alumbraban
la áspera noche. Cuando platicábamos,
Carlitos siempre miraba al cielo, y expresaba que las estrellas más grandes, aquellas que están muy juntas, eran ellos.
Cuando nos portamos bien y avanzamos
en los estudios, en el trabajo, ayudando a
las personas, las estrellas alumbran más,
decía Carlitos, que siempre mostraba, en
su mirada, cierta nostalgia».
No entendía por qué seguía en la pandilla.
Carlitos evitaba, por todos los medios, profun-
dizar sobre los peligros que a diario superaba. Tampoco se explicaba cómo no
podía salir de la pandilla.
«¿Qué lo ataba al grupo? Era una pandilla que
estaba creciendo; ahora eran más de

doscientos cincuenta los jóvenes y niños
que la integraban».

Se observaba el cielo iluminado. Eran las luces que le
quitaban en una parte, lo oscuro de la noche. Estaban
entrando a la capital guatemalteca, la medianoche ya se
marcaba en el reloj de la camioneta.

Carlitos y Antonio, aunque cansados, regresaban más que
satisfechos. Estaban muy contentos del viaje. Conocieron
lugares que nunca habían pensado visitar.

Sus rostros marcaban una alegría distinta, a la que expresaban dentro de la pandilla. No entendían por qué las
personas los trataban diferente. No sabían por qué les temían
tanto, si ellos lo que querían es vivir una vida loca, sin
problemas y sin confrontaciones.

«Ya llegamos Antonio», le dijo Carlitos a su compañero de
pandilla y acompañante de viaje.

Estaban subiendo hacia la vía rápida, hacia el Anillo Periférico. Por esa ruta llegarían a casa, en unos quince minutos.
Además, las indicaciones marcaban ese lugar. Tenían que
subir hacia el norte, donde estaba el primer puente, exactamente donde hay tres negocios de comida rápida.

No les costó ubicar la entrada. Además los enormes rótulos
eran visibles desde muy lejos, desde unos cuatrocientos
metros, quizá. Fueron pocos los vehículos que encontraron.

Carlitos se despojó de su gorra. La utilizó casi todo el día, o
bueno, todos los días. La gorra era parte de su indumentaria.

Le provocaba una sombra que ayudaba a ocultar los tatuajes que portaba en el rostro. Desde varios meses atrás, esas marcas eran suficientes para entrar a la cárcel, aunque no hubiesen cometido delito alguno.

Manuelito siguió vuelta y vuelta en la cama.
Tenía la intención de levantarse, a calentar café, pero no lo hacía para evitar que su hermano menor Enrique, despertara.
En esos momentos escuchó el sonido del motor de un vehículo. Si en el día no pasaban muchos carros, menos de noche, pensó Manuelito. Lo curioso es que el motor aún estaba encendido. Escuchó a dos personas hablar, reconoció que Carlitos era una de ellas. Conversaban justo en la ventana de su cuarto, donde él dormía.
Se levantó, encendió la bombilla que alumbraba la puerta, la que da a la calle.

En ese instante entraron. Carlitos y Antonio estaban descargando de la camioneta los productos que les proporcionaron en la frontera. Después Antonio regresó con las armas.

«Carlitos, ¿Para qué las armas?»

«No te preocupes Manuelito, me las dio Rocaelito, nos van a servir para defender al barrio».

Hasta ese momento, Manuelito no sabía que Carlitos había viajado ese mismo sábado, desde muy temprano, hasta Tapachula. Bueno, casi nunca le preguntaba a dónde iba. Tampoco le preguntaba asuntos de la pandilla. Lo que sabía del Barrio 18, era lo que le hablaban los amigos de Carlitos, que vivían en uno de los cuartos de la casa. Menos sabía qué actividades desarrollaba su hermano mayor. De lo que sí estaba enterado era de lo mal que los vecinos hablaban de su hermano mayor. Cada día, el malestar crecía y entendía que era producto del aumento de las extorsiones, de los asaltos, de los enfrentamientos armados, con la policía, con los rivales de la *Salvatrucha.*

El barrio era muy tranquilo, mucho más tranquilo que el Barrio San Antonio, separados ambos, por una calle. Pero ahora era muy frecuente que las pandillas se enfrentaran en las calles, a cualquier hora. Poco antes, se peleaban casi sólo con las manos, ahora las armas de fuego, de alto poder de destrucción, hicieron a un lado aquéllas que ellos mismos fabricaban.

El sonido de las sirenas, ya era parte del ornato. El cierre de negocios por el rugir de las balas, era permanente. Las ventas bajaban, y no se diga por la noche, era raro, pero muy raro que alguien transitara por alguna de las calles del lugar.

Carlitos le ofreció a Antonio una taza de café que recién había recalentado su hermano Manuelito.

«Tomá Antonio y luego nos vamos a descansar. Mañana, bueno ya es hoy. Ya estamos en domingo, tendremos que hablar con los *Homis,* de todo lo que trajimos desde Tapachula».

«¡Tapachula!, ¿Allá en México? ¿Cuándo fueron a ese lugar? ¿No me dirán que por eso se desaparecieron todo el sábado?», les preguntó Manuelito.

«Sí, fuimos a Tapachula, allá está Rocaelito. Ahora tiene otra clica. Nos contó que está bien grande. Dice, que hay Cheros, Catrachos, Nicas, Chapines y Mexican Boys. Más tarde, cuando nos despertemos te cuento todo el viaje. Ahora tenemos que descansar un poco. Andá a dormir Antonio. Manuelito nos entramos, hasta mañana Antonio».

La madrugada se refrescó. Una pequeña, no muy intensa lluvia provocó que el calor disminuyera. Los tres hermanos descansaban juntos, como lo habían hecho casi siempre.

El cantar de los gallos anunciaba que ya amanecía. Enrique fue el primero en levantarse. Antes de ir por el pan para el desayuno, puso a hervir el agua para el café, ahora en la percoladora. Salió a bañarse. En términos de quince minutos ya estaba cambiado y fue rumbo a la panadería de don Martín.

Manuelito aprovechó el momento y despertó a Carlitos. Le indicó que deseaba hablar con él. Tenían muy pocos minutos para hacerlo. Enrique podría regresar en cualquier momento, aún quedando a conversar con don Martín. Casi siempre se tomaba unos quince minutos, entre el mandado y la plática.

«Carlitos, ayer don Felipe me contó que el jefe Cayetano, el de la policía y dos agentes tuvieron que ver en la muerte de nuestro papá».

Carlitos quedó pensativo y preguntó. «¿Qué dijo Manuelito?, ¿Qué dijo el patrón Felipe del jefe Cayetano y de esos policías?»

«Que no respetaron que nuestro papá estuviera enfermo de la polio. Que Dios castigó a los dos policías. No sé a quiénes se refiere, porque no mencionó los nombres. En mi cabeza da vueltas lo que me contó el patrón Felipe: *"Esos dos ni se han podido jubilar, todos están viejos, le van a seguir los pasos al jefe Cayetano. Ese señor se murió sólo, su mujer lo abandonó, hijos nunca tuvo, tal vez por eso era mala gente"*. ».

Carlitos guardó silencio. Se levantó con la mirada puesta en el cielo. Caminó unos dos metros y llegó hasta la pared. En homenaje a sus padres, Mirtala y Manuel, había ampliado una de las pocas fotografías que quedaron de ellos, todos juntos y que se la tomaron poco antes que desapareciera su papá. Su mirada trataba de penetrar la de Mirtala, también la de Manuel. Carlitos deseaba que ese momento sirviera para recibir una señal, algo que lo ayudara a descubrir la identidad de esos policías, los dos que tuvieron responsabilidad en la muerte de Manuel, su padre, según lo contado por el patrón Felipe.

La memoria empezó a regresar en los días, en los meses, en los años. Carlitos sabía que en su mente se guardaba más de algún detalle, que había dejado pasar por alto. Ojalá pudieran los recuerdos armar ese rompecabezas de la misteriosa muerte de su padre de crianza, porque del biológico nunca supo nada, sólo que era originario de Asunción Mita, uno de aquellos pueblos donde los hombres se sienten muy machos bebiendo licor y preñando mujeres.

Manuelito sólo observaba desde su cama. Aún no pretendía levantarse, aún sabiendo que tenía que trabajar en la construcción de la galera.

El silencio acompañaba a los dos hermanos. Manuelito pensaba por qué tanto dibujo en el cuerpo de su hermano mayor. En eso estaba cuando regresó Enrique, notó a ambos, a sus hermanos más grandes, miradas de misterio, no preguntó de qué hablaban, trató de cambiar el ambiente.

«¡Hola Carlitos! No te vi todo el día de ayer. ¿dónde andabas?. Ya les puse café, Manuelito ya es tarde, ya hay que levantarse. Me dijiste que querías iniciar temprano los trabajos de la galera, para tener libre la tarde de este domingo».

Carlitos anunció que colaboraría con ellos. Además ofreció hablar con otros *Homis*, los miembros del Barrio 18 para que apoyaran en los trabajos.

Así, después de desayunar, Manuelito y Enrique caminaron hacia la herrería. Carlitos les indicó que llegaría en unos minutos.

«Antonio, necesito averiguar cómo se llaman los policías más viejos de la estación y saber cuántos años llevan aquí», dijo Carlitos.

24

LA GALERA DE LA HERRERÍA

Con mucho cuidado, Antonio salió rumbo a la cercanía de la estación policial. De hecho, entre los agentes había uno que era miembro de la pandilla, que estaba dentro de la institución de seguridad pública como parte de la estrategia. Era el que avisaba de las operaciones de la policía contra el barrio. No llevaba mucho tiempo, apenas ocho meses antes se había graduado en la academia policial.

Marín y su hermano eran parte de la nueva generación de la pandilla. Ambos habían estudiado desde muy pequeños. Sus papás siempre les dieron de todo. Nunca les faltó nada. De hecho sus progenitores no sabían que sus hijos eran parte de la pandilla. Eran pandilleros que aunque portaban tatuajes, éstos ya no eran visibles. Los tenían en las partes internas de los dedos de los pies, eso impidió que les fueran detectados.

Marín en la policía y el otro, Santiago, en una agencia bancaria, de uno de los bancos que recientemente se había fusionado con el más popular del país. Marín le profesaba amplio respeto a Carlitos. Entendía que era un buen líder. No abusaba de nadie. A veces hasta llegó a pensar que Carlitos no estaba hecho para la pandilla. Pero su capacidad de organización, su don de gentes y su carisma lo mantenían como **Primera Palabra**. Más de una vez Carlitos se expresaba en contra de los asaltos, los robos y el soborno. Pretendía que la pandilla regresara a sus inicios: un grupo que escuchara música a cualquier hora del día, un grupo que participara en jornadas deportivas; pero las circunstancias, ahora, eran muy distintas, peligrosas y difíciles.

Carlitos alcanzó a sus hermanos hasta la herrería. Manuelito ya aseguraba las láminas, las primeras que ponían en la alta galera.

«Cuidado Manuelito, mucho cuidado, porque esa vaina está muy alta».

Enrique y Guillermo sostenían la lámina. Con Carlitos llegaron tres **Homis,** de los que vivían en la casa. Entonces ya eran seis en total para trabajar en la galera. De esa manera, el trabajo se realizaría de una forma más rápida.

Sin preámbulos, todos dejaron a la vista sus dibujos, los tatuajes de la pandilla. Aunque no asustaron al patrón Felipe, sí lo inquietaron. Le daba temor que fueran aparecer policías o los **Salvatrucha** y su negocio podría convertirse en un verdadero campo de batalla, como ya lo eran las calles del barrio.

Don Felipe prefirió quedarse cerca de la puerta que da a la calle, de plano ni siquiera visitaría "El Pez que Fuma", ya don Martín, el dueño de la panadería de la esquina, le había invitado para ir a refrescarse la vista y el cuerpo, al bar de doña Nicolaza.

«Mejor voy a pedir que me preparen unos panes con chile relleno y limonada para estos jóvenes, ya van a tener sed y hambre», pensó don Felipe.

Cierto, el trabajo avanzaba más rápido, en menos de una hora estaba la galera cubierta de lámina. El calor seguía siendo intenso. Empezaron a circular la bodega y el cuarto de herramientas. Enrique movía los bancos de trabajo, para poner el cemento, que ya dos de la pandilla terminaban de preparar.

Esta parte de la herrería tendría que ser mejor, los pedidos aumentaban y las inclemencias del tiempo a veces retrasaban las entregas. Por eso, Manuelito había diseñado la nueva galera. La anterior, que estaba en la parte frontal del taller quedaría como oficina para entregar los trabajos requeridos por los vecinos.

Finalizaron poco después de las tres de la tarde. No quisieron detenerse, ni siquiera para comer los panes y tomar limonada.

25

EN BUSCA DE INFORMACIÓN

C arlitos tenía previsto hablar con Marín, como a las cinco de la tarde. Por eso era su deseo de apoyar y así terminaban de trabajar antes de la reunión. No quería que sus hermanos se fueran a quedar trabajando solos en la herrería y menos que escucharan la conversación con el pandillero-policía.

Antonio ya había alistado las armas que trajeron un día anterior, desde Tapachula, las que Rocael Jr. había proporcionado.

Como estaba previsto, la reunión entre Carlitos y Marín se realizó. Carlitos recibió información de acciones de sus compañeros de la institución que estaban dirigidas a asesinar a sus amigos de la pandilla. Le comentó que el Rieles, el hijo de aquel policía futbolista, que destacó en la época en que Manuel visitaba los campos de la Academia, apareció degollado en las orillas de un río cerca de Villa Nueva.

Los *Homis* del Rieles contaron que había sido detenido cerca de la iglesia evangélica, adonde acudía su madre, en el centro del Municipio, muy cerca del parque, donde está la Estación de Policía de ese municipio. La situación estaba muy tensa. Los jefes de la estación estaban involucrados en el narcotráfico y por ello generaban enfrentamientos entre las pandillas.

De esa manera mantenían entretenidos a los jefes superiores, a la prensa y a los mismos pandilleros. Esas acciones les permitían cumplir a cabalidad con sus nuevas tareas, que por cierto eran muy rentables.

«Mirá Marín, ¿Tenés acceso a los archivos para determinar información que nos revele desde cuándo trabajan los policías en tu estación y los nombres?»

«Claro mi Carlitos, primero la pandilla, después el barrio y luego lo demás».

«El patrón de Manuelito, el herrero Felipe, le contó que en tu estación aún trabajan dos policías, que junto al jefe Cayetano, aquel viejo y corrupto policía, que ya murió, saben las circunstancias de la muerte de mi papá Manuel. Tenés cuidado Marín, si ellos están metidos en algo, tratarán de evitar que se sepa».

«Claro mi Carlitos. Allí casi todos están metidos en cosas malas, todos en su mayoría, le sacan mordida a muchas personas. Participan en secuestros, chantajean a familias, roban en casas, ellos ya son competencia de las pandillas,

Carlitos. ¿De dónde tienen todos su propio carro, si el salario es apenas de dos mil novecientos pesos al mes? Esos *vatos* hasta tres mujeres mantienen, bueno medio las mantienen».

«¡La información es urgente! Marín. Por ello el cuidado es la mejor recomendación».

La conversación entre Carlitos y Marín era observada por los vecinos como algo común. Más de uno pensaba cómo el destino les marcó caminos diferentes.

Se decían a sí mismo que mientras Carlitos, un buen muchacho, decidió seguir el camino equivocado, en la pandilla; Marín escogió supuestamente el mejor, el del servicio social, asistiendo a la comunidad desde su puesto de Policía Nacional Civil. Ignoraban que ambos eran fieles a la lealtad del barrio, a la pandilla, al *Homi*, al hermano, a la familia, porque, entendían que ellos eran una familia.

A pesar de la tensa situación de los permanentes enfrentamientos donde morían pandilleros de ambos lados; la Clica empezaba a convertirse en una organización con suficientes recursos económicos. El dinero ya no era problema. El tráfico de drogas, el soborno, los asaltos y ahora, el traficar con seres humanos, los convirtió en un grupo de jóvenes con suficiente dinero. El poder ya lo tenían en muchas ciudades de Estados Unidos, México, Guatemala, El Salvador, Honduras y Nicaragua. Un poder que se mantenía a través del terror.

Llegó el lunes. Manuelito y Enrique se levantaron como de costumbre, a las seis de la mañana. Juntos continuaban trabajando en la herrería del patrón Felipe, que debido al agravamiento de su artritis, ya casi ni llegaba al taller, a pesar de vivir en la vecindad. Ambos hermanos continuaban entregando las cuentas al patrón. Nunca se quedaban con algo que no les pertenecía. Carlitos les recalcaba que no podían "morder la mano" de quien los había tratado bien, de aquella persona que abrió su trabajo y su corazón que, además de empleo, les ofreció cariño.

Carlitos se mantenía muy poco en el barrio. Un dirigente político era ahora su mejor contacto. Este personaje público era la cabeza de una organización que traficaba con personas. Víctor, el dirigente político, era el responsable de documentar a los ecuatorianos, a los chinos, hindúes, a paquistaníes, libaneses y jordanos.

Carlitos era el responsable de llevarlos, desde el Puente Belice, el puente que se divisa desde su casa, que está construida en la ladera del barranco, hasta la frontera con México, en la Mesilla, la contraparte de ciudad Cuahutemoc, en la parte alta de Chiapas. Por lo menos dos veces a la semana viajaba hasta esa frontera, instalada en los linderos del departamento de Huehuetenango.

Trabajar con el político le dejaba buenos ingresos a la pandilla. Empezaron llevando centroamericanos. Aún lo hacían pero no muy seguido; un ciudadano fuera del continente les representaba mucho dinero, como unos quince mil pesos.

La diversidad de las acciones llevó a Carlitos a crear Clicas en la ruta que utilizaba en el tráfico de personas y drogas. Esa decisión le proveía de la seguridad necesaria, que también se le vendía a otros polleros.

Aún tan alejado de sus hermanos, Carlitos continuaba planificando cómo accionaría con la información que le había proporcionado Marín, el pandillero que trabajaba como agente de la seguridad pública. No fueron muchos los datos, pero suficientes para entender que Fidelino y Tomás eran los responsables de la muerte de Manuel, su papá. Marín sólo pudo confirmar, que en la Estación siempre se murmuraba que esos viejos policías habían sido parte de una banda de secuestradores que encabezaba el jefe Cayetano. Seguían siendo peligrosos; ahora eran los responsables de un grupo de agentes que salía casi todas las noches de cacería. Sí, de cacería humana. Estos policías demostraban que el placer por matar no se les quitaba con la edad, ni lo achacoso por las enfermedades que padecían. Eran diabéticos, como mínimo.

Fidelino y Tomás asesinaban, no a diario, pero sí dos o tres veces a la semana, especialmente a los pandilleros que se les pusieran en el camino. Ellos explicaban que pandillero solo, sin acompañante, entraba en la ruta de la muerte.

A ciencia cierta, se desconocía si esa actividad, la de limpieza social, era producto de instrucciones de alto nivel o como consecuencia de su placer por matar.

26

EN LA ANTESALA DEL FINAL

Manuelito avanzaba en los estudios de ingeniería, en la universidad estatal. Enrique estaba en la última fase de la carrera técnica, en administración de empresas. Ambos tenían proyectos muy distintos a los de la pandilla. Al contrario, discutían sobre la posibilidad de buscar nuevos horizontes, tal vez en otro lado de la ciudad o en otro país. Pensaban que al casarse y procrear sus hijos, ese ambiente no sería el propicio para la familia.

Ellos, habían subsistido tanto tiempo; primero por la influencia que tenía Carlitos en el barrio y segundo porque no se metían en problemas con nadie. Al contrario se convirtieron en ejemplo para niños y jóvenes que sí entendían que la pandilla, el barrio, les traería, más temprano que tarde, la muerte.

Aún por el exceso de trabajo que desarrolla Carlitos hacia la frontera sur de México, no dejaba por un lado sus intenciones de conocer el nivel de participación de los dos policías en la muerte de Manuel, su padre, su guía.

El político les generaba buenos ingresos. Además, les contactó a sus socios mexicanos, que ya padecían problemas por el aumento de las extorsiones de los agentes del estado mexicano y por la presencia de otras pandillas.

Carlitos regresaba muy poco a casa, la antañona costumbre de no faltar a dormir. Se convirtió en una situación de probabilidades. Es decir, ahora era muy extraño que llegara a dormir a la casa, la que construyeron en la orilla del barranco, abajo del puente Belice.

Esa tarde del martes llegó a la herrería. Sólo encontró a Manuelito porque Enrique aún no retornaba de estudiar.

«¿Qué pasó Manuelito?»

«¡Hola hermanito!, ¡hoy sí que es milagro verte por aquí!»

«Tranquilo, estaré un par de días, necesito que hablemos».

«Sólo me termino de limpiar, en unos minutos estoy listo Carlitos».

El mayor de los hermanos pensaba cómo le indicaría a Manuelito, lo que deducía de la información que le proporcionó Marín, el policía-pandillero. Deseaba comunicárselo, pero que el menor de los tres no estuviera. Enrique podría llegar en cualquier momento. En eso estaba cuando se acercó Manuelito.

Caminaron luego de un fuerte abrazo que se dieron. Manuelito percibía que Carlitos se traía algo entre manos. Como nunca, lo notaba más pensativo. Siempre su rostro mostraba una sonrisa que escondían los rasgos de amargura que su hermano mayor vivía desde la muerte de sus padres, los papás de los hermanos López Gutiérrez. El caminar era lento, al igual de cómo fluían las palabras de Carlitos, quien acababa de cumplir 26 años, casi tres y medio más que su segundo hermano y seis arriba de Enrique, el menor de los tres.

«Manuelito; ¿Te acordás de lo que te dijo el finado patrón Felipe?»

En efecto el dueño de la herrería había fallecido, se estaban alistando para conmemorar los cuarenta días de su muerte. Sería en la misma herrería, en aquella galera que años atrás construyeron los hermanos López Gutiérrez.

La artritis tuvo postrado los últimos años al patrón Felipe.

«Su esposa está muy triste, fíjate Carlitos. Sus hijos vinieron para los funerales, Felipito y Agripina se casaron allá en los Estados Unidos, viven en Las Vegas, trabajan en los casinos».

«¿Y doña Agripina cómo está?»

«Mal le hace falta el patrón. Por eso yo la visito en las noches, todos los días después de la universidad la paso viendo. Por cierto, ya me quedan pocos cursos. Carlitos me gustaría que estuvieras el día de mi graduación como ingeniero civil. Enrique también me ha dicho que te localicemos, dentro de tres semanas termina su carrera técnica, dice que después desea estudiar antropología, pero primero quiere ser administrador».

«¿Qué es Antropología?, Manuelito».

«Es una carrera que sirve para estudiar a las comunidades, las costumbres de los grupos de personas, su comportamiento, nada que ver con lo de administración de empresas. A saber qué se le metió a Enrique», agregó Manuelito. «Enrique dice que quiere hacer un estudio del barrio, de las pandillas y crear un centro de recuperación, para que quienes quieran cambiar su vida, tengan apoyo».

«La idea está buena, hermano, pero de la pandilla sólo se sale muerto. Aquí estamos todos comprometidos con el barrio. Trabajamos para el barrio. Vivimos por el barrio y morimos por la pandilla. Nadie sale por salir. Cambiando de tema, Manuelito, los policías Fidelino y Tomás saben qué pasó con Manuel, nuestro papá. Tienen fama de secuestradores. ¿Te acordás que cuando Mirtala, nuestra mamá iba a lavar, al lavadero municipal, cuando se peleaba con alguna de las otras señoras, siempre le gritaban secuestradora?. Ella lloraba con mucha tristeza, pero también, con mucha ira. Nunca nos decía por qué le expresaban odio de esa manera. La ofendían de esa manera. Se quedaba callada, Mirtala, porque sabía que sin conocer la verdad no se podía defender. Cómo duele el sufrimiento que padeció ella, sin poder saber lo que ocurrió con Manuel, nuestro papá».

«¡Esa angustia la llevó a beber tanto!, verdad Carlitos».

«Sí, si Manuelito, esos policías no saben el daño que le provocaron a nuestra familia».

«Sí Carlitos, porque si estuvieran vivos nuestros papás, no te arriesgarías tanto en la pandilla, ¿verdad?»

«No sé, de repente no. Tal vez estando ellos vivos hubiera estudiado una carrera, hubiera sido una persona de bien. Bueno, pero gracias a Dios ustedes dos no siguieron mis pasos».

«¿Carlitos y por qué no salís de la pandilla? Nosotros te podemos llevar a un sanatorio para que te ayuden a dejar de consumir drogas, podemos pagar para que te quiten los tatuajes de la cara y los del pecho, los que tenés en los brazos, en la espalda, en las piernas».

«No, no Manuelito, ya es muy tarde. Tengo que seguir adelante. Ahora gano mucho dinero para el barrio, para la pandilla».

«Sí hermano, pero es dinero que sólo usan para comprar drogas y armas. Si fuera dinero bien ganado, no se iría tan rápido».

«Como dice el dicho, Manuelito; "El río lo trae y el río se lo lleva", sí, pero si no tuviéramos ese dinero no compraríamos estas armas, sin ellas ya nos hubieran acabado los *Salvatruchas* y los policías. La Clica ya opera en toda esta parte de la ciudad. Ya somos como cuatrocientos y eso nos permite que nos respeten esos *vatos* y los *chontes*. Nos atacan donde pueden y por eso es que nos hemos tenido que armar.

Mucho del dinero que juntamos por llevar mojados y drogas a México nos sirve para comprar las armas».

27

REVISANDO EL PRESENTE

«Mirá Manuelito, es el momento de conocer la verdad. No es venganza. Sólo quiero justicia para nuestros padres. Ellos estarían todavía con nosotros si esos policías no le hubieran hecho daño a papá Manuel».

«No es bueno pensar en venganzas, Carlitos. Eso sólo complica las cosas. En la iglesia siempre nos explican que las cosas malas se las dejamos a Dios».

«¡Ah y qué! ¿Ahora van a la iglesia?»

«Sí, desde hace más de un año».

«¿Qué? ¿Ése era el tiempo que tenía de no venir al barrio?»

«Parece que encontraste otra familia en la frontera, Carlitos».

«No Manuelito, lo que pasa es que don Víctor, te acordás de aquel señor que me habló para llevar a los mojados, hace varios años. Por cierto don Víctor dice que es diputado y ahora tiene más poder y más contactos, aquí y en México. Bueno, don Víctor me pidió que yo llevara hasta Los Ángeles, a Ciudad Juárez y al Paso Texas, a los indocumentados. Ya casi no paso por Tapachula. Por cierto, Rocaelito murió en el Río Suchiate, nunca supe cómo murió. Sólo me contaron que lo atacaron cuando pasaba hacia lado guatemalteco. Por eso es que no he venido y es hasta ahora que regreso para saldar cuentas con esos policías».

«¿Qué pensás hacer? Carlitos. No hay que pagar con la misma moneda. Dios siempre tiene el castigo para los malos y en el juicio final, entregaremos nuestras cuentas pendientes, todo lo malo que hicimos aquí en la tierra».

En eso llegó Enrique. Se emocionó de ver a Carlitos, pero no quiso demostrarlo. Estaba muy dolido porque su hermano mayor se había alejado de ellos. Recordaba que Carlitos había prometido que nunca los abandonaría. Habían alcanzado el acuerdo de estar siempre juntos, de protegerse entre los tres. Entendía que su hermano mayor ingresó a la pandilla para proveerlos a ellos, de cosas que les faltaban. Entendía ese sacrificio, pero era tanto el amor que profesaba por su hermano mayor, que verlo de repente le provocó esos sentimientos.

«¿Cómo está mi Enrique? Ya déjese de caras hermano. Aquí estoy y como siempre, juntos».

Los tres llegaron a la casa.

Carlitos se sorprendió de los cambios que Manuelito y Enrique le hicieron a su hogar. Ya no vivían allí los *Homis*, los amigos de Carlitos, los de la pandilla. Manuelito explicó que mantenerlos allí sólo los ponían en peligro. Ellos entendieron de buena manera, le dijo, por eso se fueron sin ningún problema.

Enrique se adelantó a preparar café para los tres. Salió a traer pan a La Providencia, la panadería de don Martín. Regresó rápido. Enrique se puso a cocinar huevos revueltos. Celebraban, como en los tiempos de la adversidad, que de nuevo estaban unidos, juntos los tres.

Charlaron largo y tendido.

28

AL FILO DEL DESTINO

C asi a las nueve de la noche de ese lunes, aparecieron Marín y Antonio.

«Carnal todo está listo. Los *chontes* ya llegaron al bar de doña Nicolasa», le expresaron los dos compañeros de pandilla a Carlitos.

«Colocamos *banderas*. Dos en la entrada de la calle, otros dos en la bajada y dentro del bar están cuatro. Llegaron sólo acompañados de otro *chonte*. Ellos son tres y nosotros once».

Carlos tomó el café recién hervido. Salió sin despedirse de sus hermanos. Les dijo que regresaría rápido. Sólo tenía pendiente arreglar cosas del pasado.

Preparó su Glock, sus compañeros estaban armados con M-16 y Usis, las minis, que podían esconder. Se subieron a un carro que estaba afuera. No sospecharían del vehículo porque no estaba polarizado. Era un auto común y corriente.

Llegaron rápido al bar "El Pez que Fuma". Doña Nicolasa aún atendía el negocio, que en verdad sí mostraba signos de franco retroceso. Ya se miraba anciana doña Nicolasa, y eso que no superaba los cincuenta años. El desvelo la puso vieja, pensó Carlitos.

«Mirá Tono, entrá al bar y le decís a doña Nicolasa que le quiero hablar. Que salga por la otra puerta, para que los *chontes* no sospechen nada».

Al pie de la letra cumplió las instrucciones. Antonio, era el nuevo *Primera Palabra* de la Clica del barrio y Marín el agente-pandillero, el segundo al mando. Por eso ingresaron juntos, porque los viejos policías no podrían sospechar de un compañero de estación, de otro policía.

Doña Nicolasa salió a la calle. Se paró frente a la ventana del copiloto. Allí la esperaba Carlitos.

> En casa, Enrique le comentaba a Manuelino:
> «Que lata, acaba de venir Carlitos y se fue tan
>   rápido».
> «No, ya va a regresar», le respondió al
>   hermano menor.
> «Es que Manuelito tengo un feo presenti-
>   miento. No sé, pero la mirada de Carlitos
>   se notaba triste. A saber en qué pensaba»,
>   le dijo Enrique.
> Se prepararon cada uno una taza de café;
>   dejaron en la cafetera otras cinco, porque
>   sabían que Carlitos regresaría con

Antonio más tarde, de plano él, Carlitos,
dormiría con ellos como tanto tiempo no
lo hacía.

«Mire doña Nicolasa, ¿cuántas chicas están en el bar?»

«Como cuatro mi Carlitos, ¿Por qué?»

«Necesito que les diga que entren y usted también. Sólo deje
a Toribio, para que los **chontes** no sospechen.

«¿Qué vas a hacer, Carlitos?» preguntó la dueña del bar.

«Sólo quiero hablar con estos Policías, ellos saben qué le
pasó a mi papá Manuel, doña Nicolasa».

«¿Estás seguro, hijo?», replicó la bien pintada doña Nicolasa.

Entró al bar, por la puerta contigua. En ese instante Antonio
dio la señal. Carlitos bajó del carro. Tomó la M-16 que
siempre lo acompañaba ahora y se paró en la puerta del
expendio de licor, del bar "El Pez que Fuma". Los policías
sólo alcanzaron a escuchar: «Esto es por lo que hicieron con
mi papá Manuel».

Carlitos, después de muchos meses de investigación de
Marín, conoció detalles del frustrado secuestro en el que
involucraron a Manuel, un hecho que costó la vida a su papá,
el alcoholismo a Mirtala, de su mamá y la orfandad a él y a
sus hermanos.

La acción fue rápida. Los dos agentes recibieron más de cien
impactos. Fueron atacados de varios lados. Primero disparó
Carlitos. El único que no utilizó su arma fue Marín. Esa

noche sólo llevaba la que pertenecía a la institución y era parte de su equipo.

> Manuelito encendió el radio, estaba preparándose para realizar tareas. Ya faltaba poco para la fecha de su examen final y obtener el título universitario de ingeniero civil.
> De igual manera Enrique se sentó en la mesa. Tomó un sorbo de café y sacó los cuadernos de tareas. Él también estaba emocionado. Era uno de los mejores de la promoción. Tenía novia, una chica del mismo lugar, del centro de estudios al que asistía por las tardes-noches.

29

REPORTE DE ÚLTIMA HORA

L a programación musical de la emisora que escuchaban, hizo una pausa para informar que en el barrio San Antonio se registraba un enfrentamiento entre pandilleros y policías, frente a un bar donde se escondían miembros del Barrio-18.

El vocero de la Policía Nacional Civil informaba que los pandilleros atacaron a agentes de la institución, cuando éstos los sorprendieron en el bar "El Pez que Fuma". Manuelito y Enrique se quedaron atentos, escuchando el reporte de la radio. El sepulcral silencio fue roto por Manuelito: Enrique, es el bar de doña Nicolasa, parece que Carlitos se fue hacia ese lugar.

Ambos se pusieron de pie y abordaron el *pick-up*, el que utilizaba Manuelito para los trabajos de la herrería. El bar se ubicaba como a unas seis cuadras de la casa.

Al llegar encontraron al menos unas quince radiopatrullas. Aún se escuchaban disparos. Detuvieron la marcha del *pick-up* y se adentraron entre los curiosos. Doña Nicolasa los había traicionado. Por eso el despliegue de por los menos cuarenta agentes, bien armados.

La dueña del bar era amante del nuevo jefe de policía, un comisario oriundo de un departamento del oriente guatemalteco, diez años menor que ella. Sólo ingresó al bar y llamó a su acompañante de pasiones. Ella lo amaba con toda la fuerza de su corazón, alguien que sólo compartía las noches de pasión con ella, muy de vez en cuando, por el puro interés económico, ya que doña Nicolasa le daba dinero todos los días.

Carlitos fue sorprendido por los agentes. Antonio murió frente al carro. Marín debió repeler el ataque contra sus compañeros de institución. Entendió que la lealtad al barrio, a la pandilla estaba por encima de todo.

Dentro del bar, los dos viejos policías, Fidelino y Tomás estaban muertos. Sus rostros en lugar de reflejar tranquilidad, sólo daban muestras de sadismo. No tenían mirada de resignación, sino de odio, el mismo odio que los llevó a asesinar a decenas de personas, jóvenes y adultos. Asesinatos que cometieron con ventaja y alevosía, utilizando toda la saña aún desconocida, amparados en la impunidad del poder del Estado.

Se intercambiaron balas por muchos minutos, que parecían horas.

Manuelito trataba de indagar lo que ocurría.
Percibía que su hermano mayor podría ser
parte del enfrentamiento, pero en su
cabeza trataba de bloquear esa idea. Sabía
que por el despliegue de policías, la
pandilla estaba en desventaja.
Enrique trató de llegar hasta donde lo permitían los policías. Las luces de las radiopatrullas iluminaban la calle, donde estaba
desde hace treinta años el bar, "El Pez que
Fuma", herencia que doña Nicolasa recibió
de su abuela paterna.

Todavía los policías caminaban hacia el bar. Por una de las
ventanas del negocio apareció una bandera blanca. Era
Marín, el agente-pandillero, que indicaba que los siete
pandilleros, incluyéndolo a él y a Carlitos, se entregarían a la
autoridad.

Las radiopatrullas se movieron. Ya no obstaculizaban el paso.

Los curiosos se acercaron más, entre ellos Manuelito y Enrique, que con sorpresa vieron cómo su hermano salía. Caminaba con dificultad, al parecer una bala le provocaba una
fuerte hemorragia.

Los dos hermanos, como estaban hasta adelante, superaron
la barrera del tal vez medio centenar de curiosos. Incrédulos
observaban a Carlitos, quien no los distinguía por lo fuerte
de las luces de los vehículos policiales y por la aglomeración
de las personas.

Doña Nicolasa señalaba a Carlitos. La dueña del bar estaba junto al jefe de la estación de la policía, junto al hombre que la utilizaba como informante y a ella como objeto para satisfacer sus placeres carnales.

El jefe policial desenfundó su arma, nueve milímetros y le disparó a Carlitos, ante la mirada de todos. El impacto de la bala hizo que el mayor de los hermanos López Gutiérrez cayera a media calle.

Entre las personas, Enrique salió corriendo. Pretendía ayudar a su hermano. No entendía y no sabía por qué le disparaban si llevaba las manos en alto, a pesar de la herida en su pierna izquierda.

Enrique atravesó la barrera de policías, alcanzó a Carlitos, a su hermano mayor. Lo miró a los ojos y sabía que él, con la mirada, le pedía perdón.

Aparecieron las lágrimas en los tres hermanos. Manuelito lloraba en su soledad, el cerco policial no le permitía alcanzar a sus hermanos. Enrique pedía a gritos, gritos de desesperación, una ambulancia. Palabras que nadie escuchaba, o no querían escuchar, porque nadie se atrevía a llamar a los paramédicos.

Cargó a su hermano. Los dos lloraban no de miedo, ni de angustia, era la tristeza que los embargaba. Entendían que sus vidas, al parecer, estaban marcadas por las tragedias. Lo llevaba en la espalda, gritaba fuerte pidiendo ayuda. Gritos que el jefe policial aprovechó para disparar de nuevo. Enrique cayó, herido de muerte. Su pecho estaba dejando de moverse. Carlitos no sabía que su hermano menor estaba muriendo.

Como pudo llegó hasta su lado. Su respiración era lenta. Sus ojos mostraban gratitud. Eran las gracias por todo el sacrificio que Carlitos profesó por sus hermanos. Ya casi sin aliento, Enrique le pidió que se alejara de la pandilla, que en honor a sus papás, Mirtala y Manuel, abandonara esa vida. Le pidió que junto a Manuelito empezaran de nuevo, al fin y al cabo, siempre se reponían de las adversidades.

Enrique murió en la misma calle, por la que casi nunca transitó. Murió tratando de ayudar a su hermano mayor. Carlitos fue llevado al hospital. Marín junto a los cinco restantes miembros de la pandilla fueron detenidos.

Manuelito inició los trámites para los funerales de su hermano, el más pequeño. Carlitos estaba bajo fuerte custodia policial.

En el mismo hospital donde nació, sería acusado de atacar a los agentes de seguridad. Las mismas autoridades escondieron las razones por las que atacaron de muerte a los policías Fidelino y Tomás. No convenía que se conociera la verdad. Los dos agentes además de secuestrar, asesinaban todas las semanas. Dentro de la misma estación policial, se comentaba que el asesinato de los dos viejos policías, permitía limpiar de malos elementos a la institución.

Manuel, junto a los vecinos, enterró a Enrique, quien quedó a pocas semanas de culminar la carrera técnica en administración de empresas. Él, Manuelito sabía que no podría asistir al examen final, en esas condiciones. Estaba velando a Enrique en la galera de la herrería. Su casa hubiera sido insuficiente para recibir a tantas personas.

La ausencia de Carlitos además de notoria, provocaba las lágrimas, las emociones estaban encontradas. Había planificado enterrar a su hermano menor muy cerca de donde descansaban sus papás, en el cementerio cercano al barrio, el que se miraba desde el Puente Belice.

Visitaba en el hospital a Carlitos. No le importaban las agresivas miradas de los agentes de policía. Al fin y al cabo ya sólo estaban uno para el otro.

Carlitos se reponía de las heridas, la de la pierna y otra en el abdomen, que recibió en el segundo ataque. Cuando el jefe de policía le disparó de nuevo, Enrique lo llevaba cargado, cuya bala atravesó el cuerpo de su hermano menor.

Manuelito hablaba con Carlitos de muchas cosas, menos de la muerte de Enrique. Estaba triste y dolido, pero sabía que no reclamaría nunca a Carlitos, ni en la peor de las adversidades.

Carlitos sacrificó su vida por ellos. Sabía que su hermano mayor moría día a día. Entendía que la vida de la pandilla no era para él. Asimilaba que Carlitos escogió ese camino por el bien de ellos, de él, Manuelito y de Enrique su hermano menor.

30

DE VUELTA A CASA

Salieron sin expresar palabra alguna.

Estaban abandonando el centro de detención, donde Carlitos permaneció por casi un año y cuatro meses.

Su hermano mayor estaba mucho, mucho más delgado. Igual, Manuelito perdió al menos treinta libras en ese lapso de tiempo.

«Carlitos...»

«Sí, ¿qué pasa Manuelito?»

En ese instante, en el momento en que se alejaban del penal, las lágrimas brotaron, recorrieron el rostro de Manuelito.

«No se ponga así mi Manuelito. Sé que todo lo que pasó es mi culpa. Que Enrique murió por ayudarme a mí. Asumo la responsabilidad por esta nueva tragedia hermano, pero tenemos que seguir hacia delante».

«No Carlitos, no estoy aquí para los reproches, al fin y al cabo, con eso no le devolvemos la vida a nuestro hermano».

«Entonces no llorés Manuelito. Ya las cosas cambiarán. Aunque Enrique no esté con nosotros, tengo muy claro que ahora ellos tres, Mirtala, nuestra madre, Manuel nuestro padre, y nuestro hermano Enrique están juntos. La fuerza de ellos tres nos ayudarán a sobreponernos de nuevo. Y le cumpliré lo que me pidió Enrique, en su agonía. Antes de morir me pidió que dejara la pandilla, que me retirara del Barrio 18. Lo voy a hacer Manuelito, pero además, ahora que confiamos en la Palabra del Señor, trabajaré en ayudar a los *Homis* que quieran encontrar otro camino en la vida, y qué mejor que en la religión, que a través de la Palabra de Dios reclutemos siervos de nuestro Señor Jesucristo. ¿Cómo va el trabajo de mi gran ingeniero? Tengo curiosidad por conocer tu oficina. Me han contado que seguís con el trabajo de la herrería del patrón Felipe».

«Sí Carlitos. Construí mi primera casa. Allí mismo, en la herrería. Doña Agripina me heredó el terreno de la herrería, como unos dos o tres meses antes de morir. Dijo que nosotros éramos sus verdaderos hijos, porque ya nunca supo noticias de Felipito y Agripinita, que desde el sepelio del patrón Felipe nunca más se volvieron a comunicar con ella».

El Centro de Detención Preventiva para Varones estaba muy cerca de la casa de ambos. Si mucho debieron transportarse en la camioneta de Manuelito durante unos quince minutos.

Llegaron después de la seis de la tarde. Carlitos quedó impresionado que en poco tiempo, Manuelito cambió por completo la herrería. Construyó una edificación de dos plantas. Había tres locales comerciales en la parte de abajo. En la puerta grande continuaba la herrería y allí mismo la oficina de ingeniería de Manuelito.

A un lado de la galera de trabajo, construyó un apartamento de dos habitaciones. Hasta allí llevó a Carlitos.

«Mire Carlitos, ahora que empezará una nueva vida, ¿Quiere trabajar en la herrería?»

«¿Cómo? Si yo no sé realizar ese trabajo».

«Nunca es tarde para aprender».

«Un buen baño le cae bien hermano. Mientras, voy a preparar café. Calentaré frijoles y como en los viejos tiempos, un huevo revuelto, es nuestro menú de familia».

Manuelito salió al patio del taller de la herrería. Allí prendió fuego a la ropa de su hermano mayor. La quemó toda, la que llevaba puesta y la del maletín. Después regresó al apartamento y dijo:

«Este será su dormitorio, Carlitos».

«¿Y qué pasa? ¿Por qué de usted, Manuelito? ¿Por qué nos estamos tratando como que fuéramos extraños?»

«No hermanito, lo que pasa es que quiero que sienta el calor de hogar. Lo quiero mucho, porque de repente por eso usted se metió al barrio, a la pandilla».

«Nada que ver, hermano. No piense babosadas. Le damos vuelta a esa hoja de la vida. Es un capítulo que no repetiremos y lo mejor es que nos propongamos, ahora sí, salir adelante, juntos».

Luego de conversar hasta altas horas de la noche, Manuelito le dijo a Carlitos que el trabajo estaba listo para iniciarse a primeras horas de la mañana siguiente y por las noches acudirían a la iglesia.

Así fue. Desde ese miércoles, Carlitos se integró al trabajo de la herrería. Laboraría con los tres empleados, todos menores que él, mucho más jóvenes. Estaban en ese trabajo porque los padres de estos jóvenes le pidieron a Manuelito que los ayudara, para que ellos se alejaran de las pandillas. Así, de esa manera, con esos muchachos trató Carlitos de recuperar a *Homis,* para ayudar a los pandilleros a alejarse de la violencia, de las drogas, de la delincuencia.

Sus ratos libres los usaba para ir en búsqueda de jóvenes pandilleros. Todos conocían la historia de los hermanos López Gutiérrez. La Clica continuaba operando en la colonia. Muchos de sus integrantes aún le guardaban respeto. Le pedían que tomara el mando de la pandilla, que su liderazgo era necesario para recomponer al grupo. Carlitos sólo sonreía. Los invitaba a que lo acompañaran a la iglesia. Muchos en silencio se le alejaban. No le respondían. Con la mirada le decían que no.

Habían pasado catorce semanas desde que abandonó el penal. Se acercaba la Navidad. No había logrado convencer a muchos de sus antiguos compañeros para que se retiraran de las calles. Apenas tres decenas de antiguos *Homis* asistían a la iglesia. Ahora Carlitos ya tenía una compañera de hogar, que muy pronto le daría su primer hijo.

A cada pandillero que encontraba le recomendaba que buscaran en la Palabra de Dios la tranquilidad pero, sobre todo, la fortaleza para tomar esa decisión.

Les contaba su historia: Que abandonó a la pandilla pagando un precio muy alto, la muerte de su hermano menor. Todos conocían su pasado, esa parte de su vida lo mantenía vivo dentro del barrio.

Los fines de semana visitaba el campo de fútbol, veintitrés años después de que llegó por primera vez, a los campos de la academia de la policía.

Había sufrido cambios enormes. Era muy distinto este campo, al que frecuentaban con su papá Manuel, el mismo donde los dos agentes, Fidelio y Tomás, comprometieron al jefe de su familia en un hecho que le costó la vida a su papá, y que representó el inicio de las vicisitudes para todos. Carlitos no descansaba en su ímpetu.

«Te tengo una buena noticia, le dijo un día Manuelito».

«¿Qué pasó mi hermano del alma?»

«Me voy a casar en enero, a finales de enero, con mi novia, con Leticia. Hoy en la noche quiero que me acompañes. Hoy que es Navidad, vamos a ir a la casa de ella a cenar. Hoy vamos a terminar de trabajar temprano».

Luego de almorzar. Manuelito le indicó a Carlitos que saldría a comprar algo para la cena que prepararían en la casa de Leticia, su prometida.

«Carlitos, ¿Querés acompañarme?»

«No mi Manuelito, me quiero bañar, y luego voy a ir al servicio de la iglesia, pero estaré de regresó como a las seis, listo para acompañarlo en la cena de Nochebuena».

Regresó después de la seis de la tarde. Aún Manuelito no llegaba. Al parecer estaba atrasado en las últimas compras.

En la espera, Carlitos se puso a leer la Biblia. Se recostó en su cama y poco a poco empezó a cerrar los ojos. El cansancio le ganó. El sueño profundo lo estaba haciendo descansar. Carlitos dejaba de respirar lentamente, su cuerpo se estaba despidiendo de esta vida.

Carlitos murió en su cama, con su Biblia, antes que regresara Manuelito.

Manuelito tocó a la puerta, y abrió lentamente. No quería despertar a Carlitos.

Encendió la lámpara, la que estaba a la derecha de su cama. Vio el rostro de su hermano, Carlitos descansaba con aire de eterna tranquilidad. Se quedó mirando su rostro. Presentía que esa eterna tranquilidad era presagio de algo fuera de lo normal. Se acercó lentamente. Quería sentir la respiración de su hermano mayor.

Entendió que la vida de Carlitos se había apagado.

Manuelito empezó a llorar, a llorar en silencio. Había muerto Carlitos y él no estuvo allí para acompañarlo, para ayudarlo, para protegerlo como los protegió su hermano mayor, siempre.

Carlitos se había ido sin despedirse. Dejó esta vida marcada por la tragedia, a la que siempre se sobrepuso. Manuelito comprendía que su hermano, el mayor, Carlitos nunca fue feliz dentro de la pandilla, dentro del barrio, siendo parte de la M-18. Se internó en ese mundo para protegerlos, para evitar que ellos sufrieran más. Ya era suficiente con la muerte de sus papás, con quienes estaba reunido ahora Carlitos, donde también se reencontró con Enrique, el menor de los tres.

Quedaba Manuelito, en este mundo, solo pero con la convicción de salir adelante.

La respiración de Carlitos se extinguió por completo, sólo eran el sonido de las lágrimas de Manuelito que interrumpían el silencio, cuando le corrían por sus mejillas y chocaban con la mesa.

No entendía, cómo nunca comprendió muchas de las tragedias que sufrieron, por qué Carlitos falleció cuando se alistaban para pasar la primera Navidad juntos, en paz.

Carlos López Gutiérrez falleció a la edad de 27 años, la misma que tenía Mirtala, el día que murió.

Estaba oscuro.

Made in United States
Orlando, FL
02 October 2022

22910844R00098